U0686351

光阴如酒

姜方 著

团结出版社
UNITY PRESS

© 团结出版社，2024 年

图书在版编目（ＣＩＰ）数据

光阴如酒 / 姜方著 . —北京：团结出版社，2024.
10. --ISBN 978-7-5234-1148-3

Ⅰ . I227

中国国家版本馆 CIP 数据核字第 2024R515X0 号

责任编辑：郭　强

出　　版：团结出版社
　　　　　（北京市东城区东皇城根南街 84 号　邮编：100006）
电　　话：（010）65228880　65244790
网　　址：http://www.tjpress.com
E-mail：zb65244790@vip.163.com
经　　销：全国新华书店
印　　装：四川科德彩色数码科技有限公司

开　　本：145mm×210mm　　32 开
印　　张：8.375
字　　数：117 千字
版　　次：2024 年 10 月　第 1 版
印　　次：2024 年 10 月　第 1 次印刷

书　　号：978-7-5234-1148-3
定　　价：48.00 元
　　　　　（版权所属，盗版必究）

C目录
ontents

我懂得了珍惜时光

我懂得了珍惜时光
花朵，落叶，文字和水
以及用脚步丈量的那些路程
一再更新的河流

我头枕平静的日子
在粗茶淡饭里隐藏过往云烟
我更懂得
猎鹰的生死与我无关

我精心侍奉一盆兰花
根系穿透盆底
在无限延伸的欲望里，我选择
花香，鸟语，流水，星星

我心如潭水，沉默，是一种解脱
尽管有风、有雨、有雪
但茶香，酒醇，滋润诗歌萌发
我耳聋眼瞎，唯恋光阴

2024. 2. 23

这雨，这梦

我从未幻想过拥有什么
偏僻的巷口，我寻找梦境里等待的雨伞
毛毛细雨，青砖路面，飘动的长发
不是在南方，也不是在北方

或许，这是我唯一的寄托
有或者没有，梦总是醒着的
红尘之中只要存在只言片语的情怀
我就拥有一个走出迷途的过程

她如雨中漂浮的淡雾
脱离了一个具体人的名字和模样
就像曾经飞走的一只蝶，消失在乱花丛中
注定，我无法拥有一切

我曾经用目光和念想折叠出日子
似乎感受到一双手轻轻搭在我的肩头
这雨，这梦，这种无谓的付出
在阳光升起的时候，都是叶边的露珠

2024. 2. 25

秋天，走进银杏林

一树萧条在我眼里流泪
空旷的树枝，已经无法举起
过多的经历

天空留下秋天的谎言
让春夏的激情匍匐在地
让波浪奔涌的潮水一低再低

绿色的童贞被刺眼的黄覆盖
如一袭黄衫遮掩浪漫和爱情
把童年的照片撒入西风，飘落满地

落单的鸟在夕阳里修炼
像是棋局中的旁观者，一句话
遍地的霜雪就是枯草的来生

拾荒者捡拾露水中的雁鸣
他的相思缀在空枝边沿
擦不干的泪，压弯了他的脊背

旷野和天空的开阔长到了极限
给南飞的雁提供更远的幻想
一不留神，就惹菊花流泪

我打坐在黄色的思维上
屈指计算时光流动的速度
风扇我一个耳光，我就增长一岁

我多么想开一坛老酒
一杯敬落叶，一杯敬秋风
另一杯让自己酩酊大醉

2024. 1. 16

我还是如此清醒

为什么，究竟为什么
把缀满心事的石头沉入水底
一枚睡莲如探头
用最敏感的触角，询问
我微弱的气息
睡莲的袈裟轻拂我的额头
那一抹红尘，绝望而去

鱼从冰下游出
走在通往夏天的路上
闪闪发光的鱼鳞，一度疯狂
毫不留情地刺穿春天的渡口
只有我，独自垂钓
那一条潺潺私语的小溪

谁带走了我的青春
让我用直钩垂钓一个秋天
把灵魂高悬，九天不语
骨骼未死，日月星辰闪烁
以一朵花的姿态
仰望那一片碧蓝的天空
叹息，惊落小雨纷飞

你以为我喝醉了

过早地吞下岁月的残羹

把心脏化作石头，姿态永恒

横亘的腹腔，跌宕起伏

灵魂如一枚音符

跳跃在一座座峰峦之间

不计较生与死

飞过头顶的倦鸟

衔来听不懂的梵语

影子在空地上写下象形文字

翅膀拍打着我紧闭的心扉

它证明了我的清醒

我与它永远相依为命

2022. 6. 11

在呼伦贝尔大草原

高调的草集合起来
茫茫的大合唱在史书里翻滚
黄色的火焰已经俯首称臣
它们早已失去了兴风作浪的天性

鹰的眼睛填补着草与草之间的缝隙
站在白云上寻找下酒的野味
它是生出翅膀的一条古式长鞭
雄视着大漠孤烟和长河落日

蒙古包里不再是安达的寂寞
女人也不再是赛马场上的奖品
她们已经把马头琴弹出了桃花的姿态
把酥油茶揉成了一个传说

额尔古纳河是古老而年轻的母亲
她喂养了一茬又一茬的生命
无论是留下来的，还是走出去的
都是他们扯不断的梦

新式的、最沥青的公路意味深长
它穿越了无形的古式长城

外界的阳光给古老的蒙语镀上色彩

各种各样的方言在这里不断更新

2023. 7. 10

我还爱着这片竹子

你在冰天雪地里沉默成雕塑
连飞鸟都不能唤醒出发的方向
在贫瘠的土地上作画的人
意志是远方的山峰

用谦虚铸造一把剑
必定能劈开寒冷的墓穴
作为一种简单而朴素的标志
用毅力探索贫瘠中的养分和水分
和鸟鸣争抢一滴露珠
那是板桥笔下的一名剑客

在一缕春风中筑巢的灵魂
都能在春雨里读懂人生
目光虔诚，风景不老
一群鸟儿，从远方衔来的憧憬
在枝叶间孵化，长成一种象征
遍地的剑锋，一直刺向天空

选择你做骨头的人已经不多
能和你对饮的人越来越少
形形色色的风熏染了长发和胡须
各色各样的花朵软化了膝盖和头盖骨

只有我还深深的爱着你

我愿意和你在谦虚而朴素里饮醉

2023. 1. 6

望着这雪

你的到来决不惊扰他人
就连轻微的呼吸都戴着口罩
那是唐朝的古筝萦绕在黄昏的窗口
一种牵挂，一种相思

夜深人静的时候，它属于诗歌
月光，星星，甜美的梦
古筝跌落的音符一尘不染
目光里，清香的爱和渐渐消失的帆影

去拥抱一个有始有终的剧情吧
高挂在枝头的鸟巢并不繁衍错别字
无数个最情人的形容词溢出
落地生根，长出一发不可收的幻想

我在唐朝的酒杯中买醉
竟然寻不到唐朝演变出来的一个词语
望着漫天无规律的象形字
这个冬天，注定不会让一枝梅花孤独

2024.2.26

在开封古城

躺在词典里的古城墙
让地下的河流说不清道不明
湖里的月光一分为二
把水里的鱼分成清与浑两种颜色

人们意识中那张残缺的地图
出卖了无穷的繁华和历史的片段
如今的楼房已高过传说
汽车的速度远远超过挑担和手推车

南衙的铡刀辞退了王朝马汉
锈迹斑斑，张龙赵虎唉声叹气
纸灰飘扬
是否有悖于包公的意愿

风干的牌匾，如一块腊肉
官印的重量渐如秋叶
绸缎轿子里，人面不知何处去
哭红的眼睛一再提供证据

世袭的鸟鸣，在杨家的房檐上做窝
枝叶茂密的古树仍在演绎着硝烟长枪
究竟是杨家的马高还是潘家马高

谁的笔下有清澈透明的墨水

把一杯酒洒向大地
让深埋的城池养活一丛灌木
我们的目光穿不透古老的瓷器
就让诗歌在古树上开花

2023. 7. 12

我恳求

我恳求一滴雨守望空枝
我恳求漫天星辰点亮午夜
这样，我定能用光写出诗歌
只要你愿意
我用诗歌填满你的酒杯

无需遮掩，无需修饰
也无需把全部看得清澈见底
只想在燃烧的火堆旁，做一只飞蛾
用轰轰烈烈的执着
等待，空枝上慢慢开出花朵

无怨无悔是一种折磨
写出的诗歌也许是一场秋雨
多年以后，谁能用眼泪祭奠红尘
就像我所有的祈祷
早已被南飞的雁群带走

2024. 2. 20

这个冬天是一杯酒

我觉得
这个冬天是一杯酒
能灌醉北方的胡杨，南方的燕子
古代的墨客，以及大街上流浪的歌手
而我则是一棵披头散发的柳树
摇曳一串生命的音符
吟诵着贺知章的悲欢离合
谁人送他一把剪刀
让他剪出春天的燕子

易水封冻，琴声呜咽
沉睡了当年的热血刀客
时光流转，荆轲
在史书里坐化成佛
故乡的云烟
已没有长衫飘扬的影子

岑参立于轮台
僵硬的旗帜在风中沉默
梨花如歌，黄沙万里
武判官留下一串马蹄印痕
你留下了千古绝唱

刘禹锡是否还在为一棵病树呻吟

忘记前头的恩怨吧
把坚硬的骨骼斜插在酒杯
让白浪滔滔原野
用这酒祭奠可怜的苍生

烂柯之人陶醉在棋局之中
转眼几个轮回过去
世人又何尝不陶醉在红尘之中呢
可惜，他们都在轮回里死去
竟没有一丝痛苦

请看那个抱着吉他的流浪歌手吧
寒风吹拂着满头乱发
十指挣扎，划破一个个白天和黑夜
在他单薄的衣襟下
究竟藏着一个多么执着梦
嘴角挂着一只梅花
在一场雪里抒发着不为人知的情怀

我只想和他们分享这杯酒
和李白同伴明月
对影三人
一杯下肚，银河九天而落
且骑白鹿，逍遥于山峦之间
无论四季何在，甲子何时

2022. 12. 27

迎春花开了

开场柔和的乐音
比如情怀
比如一个历史剧的序幕
并不适合使用一些过激的语言

放下完美，放下矜持
雪渐渐退场，换取茶香和诗歌
你不逃避慢慢解冻的鸟鸣和东风
也不缺乏充足的平仄和押韵

好像你并不会沾染娇气
沉默属于一种气质
永远也没有桃李谈情说爱的浪漫
你蕴涵深邃的谜和淡淡的云

这不是出风头，也不是目的驱使
在理智与争宠方面你始终保持中立
无需直白的表露
你走在前沿的风里，踩碎了积雪

2024. 2. 26

命中注定如此

我也想抚琴一曲
就怕十指如剑，琴声如风
惊起漫天大雪
冻僵那些夜行人的手脚

我也想赋诗一首
就怕文字似箭，意象如铁
在冰冷的寒夜里
刺疼那些仰望者的心

我不想做台上的戏子
在道具里扮演种种角色
那些格式化的台词
与我无缘

我不想豢养一条蛇在自己的胸前
我担心在突破温暖的底线之后
那血红的信子
会咬碎人间的善良

我只想用一杯酒
融化前世今生的虚伪
在骨头里注入钢筋混凝土

和一棵青松相拥而泣

我注定寒枝上开不出牡丹
肋条间的寒梅瘦骨嶙峋
在天地一色的纯洁里
用一抹血色祭奠嚣嚣红尘

我不计较悲惨的开场
更珍惜圆满的结局
只想用琴声和笔墨讴歌善良
命中注定如此

2022. 12. 27

从菊花说开去

秋风在空枝上打坐
诵读一段梵语，送走
一群大雁列阵南行
百花凋零，霜染冷面
谁能拥抱万木萧萧的清秋
几只飞鸟来自魏晋
衔来傲骨几根
他打理好桃花源
种下漫山遍野的幽丛

不要笑我附庸风雅
让洁净的露珠清洗衣帽
红尘从花瓣上脱落
剩下一股傲气直冲云霄
端起一杯烈酒
倾倒无数层峦叠嶂
头颅高扬，如擎起的古琴
嵇康的歌声清澈见底

此时，可以谋划一场革命
盛宴，可以定在九月八
醉眼朦胧，只看万木凋零
但可以至死抱香

宴席散尽，一片狼藉

往事如烟散去
年年重阳，今又重阳
菊花不死，伴随历史沧桑
香气沁人心脾
要数今日芳菲更浓

2022. 6. 25

夏　至

白昼的身体拉到最长
它要垂钓六月的蝉鸣
湖水的波纹
将要容纳廉价的雨水
光亮的锄头
把早晨的露珠
带给寂寞的黄昏

禾苗在田野里发疯
拔节的声音惊动叶上的瓢虫
农夫的汗珠
敲响信天游的节拍
高过一树柳丝的青葱
高过一杯高粱酒的烈性

蜜蜂飞过五月的石榴花
飞过爬满蔷薇的土墙
把日子酿成一罐罐的蜜
在奔向收获的路上
我适应了寒冷，也会适应炎热
在生命陪着白昼逐渐缩短的同时
写下一首最浪漫的诗歌

2020. 6. 16

端午节感怀

把阳光折弯，问天
谁把汨罗江错写为汩罗江
日月星辰空悬，山谷呜咽
彗星射穿苍穹
江水滔滔，泛滥
溅湿雄鹰翅膀

一股怨气，自江面
直冲云霄
光芒四射，细雨潇潇
植下艾草千万
慰藉忠魂，与游鱼同舞
两岸花瓣如泪，写尽
人间各种滋味

鹰，折翅在一棵野草
归巢，带回傲骨数根
一杯酒，祭奠铮铮气节
香粽投入江中
换回完美的民族期盼

天，应该庇佑人性
挥动长剑，布局星辰

舟楫敲开大江之门
让枯竹复活
日月苍天同耀

2020. 6. 22

陈王与陈王酒

走出七步
就走出刀林剑阵
就走出阎罗殿大门
不必再回头

京城的歌舞杀机四伏
鄄城的草木亲切和善
那就把王府建在这里吧
让盐碱地里开出花朵

高台耸入云霄
佳酿飘香，飘出王府
志同道合者不用沉默
文房四宝齐备，可以与星月对话

一杯酒，推到一座山
两杯酒，打通一条河
三杯酒，皇帝拜倒在足下
我的地盘，我做主

悠悠黄河水
淘尽多少喜怒哀乐

日月更替，陈王远去

唯留一杯美酒盛满乾坤

2020. 7. 2

春满小城

我把自己演绎成一朵桃花
正在喝酒的柳树摇了摇头，笑了
酒杯打翻，芳气散满小城

风改头换面，扮演一个乞丐
乞讨满满的颜色做成行头
操着老式口音的枝头
把一首首唐诗宋词挂在门前
招揽过往的蜜蜂和蝴蝶

那些莺莺燕燕们是阳光的说客
一张口，就把春天从襁褓里叫醒
用东方的神话给小草喂奶
竟然忘记了迎春花已经成为小姑娘

这些抢风头的丫头们尽管疯吧
我要在桃树上酿酒
一旦开坛，醉倒的不只是蜜蜂、蝴蝶
还有古人和今人
更有刚刚苏醒的小城

2023. 2. 19

家乡的小河

村边的小河叫幸福河
我的童年
在小河的名字里做梦
小河的水
浇灌着我的乳名
给我一个摔不烂、打不破的天性

太阳的颜色
浓浓的镀满我的童真
泥土渗透我的血管
我的体内流淌着小河的声音

我单薄的肠胃
把腹中的油迹折腾得荡然无存
糠菜独有的魔力
使我的肋骨清晰地贴紧肚皮
只有小河里的鱼虾
才能在体内释放一点过年的味道
伸着肥厚舌头的河蚌
背着行囊的蜗牛
让我嘴里露着头的馋虫
暂时缩回喉咙

我成了小河里的一棵水草

流水可以把茎和叶子飘向远方

但根仍然固守这片泥土

家乡的小河

仍然依傍着苍老的故乡

但愿你的名字

在那片热土上开花、结果

2020. 10. 23

走失一只羊

一只羊在山坡走失
悄悄的，没有任何迹象
它带走了一个季节
也带走了春风和鲜花

我曾用眸子驯化它的野性
它也曾用顽皮磨砺了我的固执
它开始食人间烟火
成了一只羊

蝉的歌声酝酿了一出戏
它在一个阳光明媚的午后走失
夜里下了一场雨
一首诗从泪水里跌落

2020. 11. 24

母亲站在春天的路口

母亲在光阴里捡拾日子
把岁月酿成甜美的生活
一家人品尝着她汗水里浓缩的盐分
把一个个白天和黑夜踩在脚下

现在，母亲已被日子压弯了脊背
她常和路口的那棵老柳树聊天
她斜倚在时光的栏杆上
采一朵春天的鲜花插在发髻

她记得那些子女从春天出发
在她袅袅的炊烟里回望
路口的那棵老柳树随风飘荡
她却被老柳树的根拴住了手脚

她现在仍然热爱春天
她等待着那一声清脆的燕叫
让老屋充满往日的生机，这样
她会像当年哄我们入睡一样哄自己入睡

我们晒着异乡的太阳
常放飞一只青鸟，捎去一份牵挂
母亲只能让春风，带回

一份满满温度的期盼

如今正是春暖花开
母亲拄着那只老拐杖
在那棵老柳树的怀抱里做梦
双眼，凝望着路的尽头

2021. 3. 8

观蚩尤墓随想

金属撞击的声音
似乎还敲打着人们的耳膜
血液染红的土地
养育了一茬又一茬的庄稼
那一页页闪光的历史
渐渐地褪去微光
坚硬的石头，赋予了灵性
在空旷的大地上成为剪影
它像一把生锈的短剑
在诡秘的历史中唱着悲伤的歌

既然是兄弟
为什么不张开双臂抱一抱
用一碗酒浇灭烧焦心扉的烈火
一个错误的意识
撕破了一片蓝蓝的天空
谁的对，谁的错
那是东风和西风的摩擦
是冬天和春天的交替

血雨腥风，是浅浅的泪痕
已汇成小溪，融入大海
传奇慢慢泛黄，刀剑化为浮土

那个头上长角的老人
成为小城风景里的一个插图
星光灿烂，浮云游动
洁白的鸽子从他的头顶
缓缓飞过

2021. 5. 27

观齐鲁会盟台随想

宋国，你有牧场
为什么总在鲁国的家门口放马呢
马是会伤人的
牧羊犬也会伤人
鲁国的君民寝食难安

那就伸出手去
摸一摸齐国的脉搏
有一个成语叫唇亡齿寒
齐国的心跳突然加速
两双手，变成一个拳头

大野之水，浇灌情怀
阳光和风雨都能孕育真诚
一座高台，托起了日月星辰
两把剑铸成一条长城
野马和牧羊犬闻风丧胆

一碗酒，一个深深的拥抱
拨开一片蓝天
一轮红日，照亮齐鲁大地
从此，听不到金属撞击的刺耳声
大野泽里的芦苇不再经受风雨的摧残

往事已在史书里沉睡

古人的尸骨也成为黄土的一分子

只有齐鲁会盟的高台

经历千年风雨的侵蚀和洪水的冲刷

仍然在齐鲁大地上闪闪发光

成为小城风景里的一个亮点

2021. 6. 18

麦 茬

拦腰斩断
这并不是一种痛苦
伤口不会流血
而是发自内心的愉悦

从严冬里走来
在春风里脱胎换骨
为了今天的死亡
它拼了一生去疯长

爱它坎坷的平凡
爱这齐刷刷的伤口
在它灵魂的滋养下
另一种生命更加茁壮

2021. 8. 14

霜　降

好在这一天
是一个检验万物的尺子
在这一时刻
你别说自己坚强
也别说自己伟大

一路走来，花红叶茂
蝉鸣蝶舞，硕果累累
都无法抗拒祖传的法则
时辰一到
一切归零

有些时候
你可以和命运抗衡
但不可以和上苍较劲
万事也许有一个美好的开端
但也可能是一个凄凉的结局

2021. 8. 16

母亲·麻雀·老椿树

太阳爬上了树梢
院子里的老椿树在打盹

母亲坐在树下，不停地
用拐杖在地上划道道

两只麻雀打架，落在母亲身旁
她的眼睛突然发亮

麻雀并不害怕母亲
多年来，它们和母亲相依为命

老椿树话语不多
但它时不时地喊母亲的名字

老椿树和蔼可亲
它接纳麻雀，也接纳母亲

2021.8.16

记 忆

记忆里，封存着一些故事
有阳光，有风雨
也有鲜花和冰霜
它们安静地躺在思想的橱柜里
只有我才有开启的钥匙

我不愿意触摸那一根根弦
稍微一碰，声音如剑
就会在寂寞里
抵达一处伤口

曾经，鲜花上覆盖着霜雪
阳光里漂浮着乌云
泥泞中，脚印纵横
血液和汗水把石子漂起
值得欣慰的是
有一枚带血的勋章
闪着耀眼的光芒

2021. 8. 21

菩提树

我要在所有的荒芜之上
种上无数棵菩提树
母亲手指间过滤的阳光
抚摸每一根枝条和每一叶子
广寒宫里滴落的甘露
在它的脉络里汇成河流

每一根枝条，都是菩萨的妙手
轻轻一点，苍生无忧
我在每一根枝条上静静的安睡
让梦静听树叶默诵经文
让青鸟在上面做窝
它们会迎接第一缕阳光
唱着歌，把人阳
驮到西山的脊梁，而会
收获满满的金灿灿的黄昏

我是菩提树上的一片叶子
静听梵语，参悟每一个音符
果实，闪着七彩光
在佛祖的手里等待差遣
我已无我，物已无物

2021. 8. 30

秋天，这样一个早晨

守候在路口的风等待一名剑客
试图逃跑的叶子左右为难
弯弯曲曲的野径被落荒的草挟持
黑夜已经向黎明卑躬屈膝

语言放下尊贵，膜拜于诗歌
最早的那声鸟鸣承载着我的一个眼神
树木，窗子，赶早的拾荒者
这些无声的和有声的都是最有力的修辞

我用情怀测量一滴露的浓度
稍不留神，霜雪就在半空中哭泣
何处，黑白键跳动的音符越窗而来
我却成了那名剑客的猎物

此时，我似乎看到秋风中翻转的那只蝶
它把我引向红尘以外的王国
从水底渐渐升起的旭日向我招手
我仰起头，看到霞光正在给万物镀色

2024. 2. 25

桃　花

把散装的春风
送达一株桃树
桃树会吮吸风里妈妈的味道
那些花魂苏醒，伸个懒腰
以婴儿的姿态亮相
挣破冬天密封的子宫
从唐朝的酒杯里逃脱

她并不张扬
粉面隐匿
肌肤过于娇嫩
轻轻一碰
鲜红的血液就会滴落

蜜蜂和蝴蝶相约
要在一个阳光明媚的日子
在桃树枝头谈一桩婚事
一个个娇羞的粉面
等待着热烈的一吻
自此以后
那些胖嘟嘟的绿色的孩子
就会降生

2021. 10. 3

觅　诗

我在一张白纸上安家
猎取李白、杜甫，苏轼等人
放养的兔子
我开启一扇门等候
就像猫等待洞中的老鼠

远方，眼前
踪迹的细胞只要成活
欲望的池塘就会外溢
我把蛛丝马迹逐个过筛
挑拣可以猎取的影子

有时，一点微光天边而生
由远及近，翩翩而来
惊喜的美餐充实期盼的肚腹
有时，流星划过
隐匿在茫茫天际之中
跌落在深谷的心
是一片无边无际的雪野
尽管如此，目光如鹰
直到把猎物收入囊中

2021. 10. 4

二月无语

一阵风，在贫血的树枝上打坐
一滴雨，在叶芽羞涩的睫毛上酿成酒
沧桑的岁月越过了远古的冰
延伸，在二月的沉默中
黑夜诉说着曾经的寂静和冷漠
问一问，在辉煌的雪野上
封存着谁雕塑一般的骨骼

一块冰，藏在人心一样的暗处
呻吟之声，惊飞宿鸟
一片光芒，在《离骚》里寻找位置
化成一条河流让抛出的粽子撑死
继续流淌着善良人的眼泪
洗亮佛祖脚下下跪的人面

我看到解冻的树枝开始唱歌
那些花儿，是草原上即将睡醒的野马
觥筹交错的嘈杂声中
谁会仰望天空，听一听那些可怜的呻吟
有人独饮混沌的宇宙
独自吞下八千里路云和月

二月无语，心跳加速

落叶腐烂的声音高过日头

苍蝇不死，还会从腐土里窥视蓝天

一条河解冻，等待桃花亲吻

那些勤劳的蜜蜂，继续创造他人的甘甜

不想在茶余饭后看一场戏

只想在二月的风里

大声呼唤春天暖化万物的震撼

2021. 2. 28

梅花无声

心，超过千年古冰
不用说谁错过了谁的约定
谁能够决定事物的预产期何时
它把飞雪装进脐带，无泪
默默地低吟
广寒宫里逃出来的白

骨骼如剑，刺破苍天
血液鲜红，在铺天盖地的雪里燃烧
无需在人间渲染多情
一滴泪水，便是春天里的一条河流
还能怎么评论，世人面前的感叹

花蕾是冰山下燃烧的海
血色如流，沉浮人生
一半在苍茫的大海里撞碎礁石
一半在苍天沸腾，滋养蜂蝶
在没有野兽和飞鸟的寂静中
开怀大笑，照亮乾坤

在惊雷和闪电的肆虐中修成正果
一个个血淋淋的灵魂入土为安
谁为梅花半生倾斜一声呐喊

冬天一劫，绝迹的颜色无法登场
它在千万条骨骼上跳舞
与九天精灵轻轻一吻
无边无际的残局里就会生机盎然

2021. 10. 13

父亲的身影

在一朵花香里，三月
被灌醉
父亲的酒杯，盛满他的梦
他面如远山，抿一口酒
品味着满树的桃花

燕子帮他恢复往年的记忆
蜜蜂的歌词一如既往
太阳从他酒杯中浮出
他急于破解每一粒种子的密码
赶在朝霞前头出发

父亲的身影
在潮湿的晨雾里冲洗
等待晚霞烘干
他用廉价的岁月
喂养着如云的庄稼

他冰冷的眼神
望着季节的出口
那一片金黄的梦，让他
杯里的酒变得格外香甜

春风里，花香弥漫
但没有抹平他额头上的霜痕
我无法丈量他走过的路程
更无法计算他喝过多少酒
这个春天
他的身影，竟变得如此单薄

2021. 3. 7

春天的抵达

第一场雨
送走了最后一场雪
窗外的树微笑着品茶赏景
它希望与过去的冬相见无期

所有沉默的树枝
渐渐苏醒，乱棍打出冬天
从细胞里喷出的牢骚
在细雨里凝结成春天的憧憬

一粒种子在冻土里醒来
轻轻叩一下春天抵达的门扉
一个哈欠
它闻到了一种升腾的气息

老麻雀慵懒的羽毛被风戏耍
一声惊鸣，向浮云撒娇
它似乎有一种感觉
爱情，就要在这个时候到来

麦苗和油菜的鼻孔开始复苏
它们嗅到了春姑娘身上脂粉的味道
它们知道，秀色可争

但，过时不候

乡间小路仍然穿着呢子外衣
行人的衣扣是季节的门闩
寒在门外，暖在门内
而春光，在寒与暖之间

2022. 2. 17

我迷恋一只蝶翅

我迷恋一只蝶的翅膀
它是一个组装梦的魔幻工厂
一个血肉之躯的凡夫俗子
我扮演成外卖小哥走进那片森林

黄昏的叶片缀满露珠
寂静的荒野更促使幻觉的滋生
我把自己涂染成花的模样
极力让自己接近一只蝶翅的安静

露珠具备一只眼睛的能力
它让一只猎鹰的羽毛放下屠刀
临时放弃森林、花丛和草原
让蝶翅的天性给我设置更完美的背景

花香，鸟语，琴弦，红纱巾
妈妈的微笑。在飘忽的浓雾里闪烁
周围，成千上万只蝶翅扇动
而我，却采摘不到云间的那朵百合

现在，我只迷恋蝶翅的魔幻
让我的思想在梦境的花园里幸福一次

如果梦境能成为现实

我一定喂养无数只蝴蝶，在四季里起舞

2024. 2. 22

致意一朵桃花

我想做一只青鸟
用羽毛盛来足够的春雨
用透明似水的喙
啄开坚硬如坟墓的花苞
解救一朵桃花
让我的思维破解古时爱情的密码
念想今生的情缘
春风一夜，春雨缠绵

那一滴雨，就要走进三月
桃花状的云朵衣带渐宽
欲语还羞
一首诗的表白，一个词的诉说
已经在春雨里
酝酿了万年，成为烈酒
我把那首诗揉成桃花的形状
放在春雨里喂养
一万年，陪伴桃花生死

从诗句的缝隙中渗透下来的水
膜拜在桃树周围
纯洁，如水晶
我用仅有的爱情

让桃花在每一首诗里生儿育女
让所有的花朵笑出眼泪
滴落在春雨之中
碧波荡漾，情丝泛滥

我把所有的情感
化作春风，在树梢上驻扎
放肆地亲吻每一朵花
解开她所有的衣扣
听桃花娇羞欲滴的心跳
用她娇嫩粉润的乳房
做我每一段文字的词牌

我要撩乱她芳气袭人的心绪
把我的诗句嵌入她青春萌动的血管
让我思绪万千的倒影
在她的心海里成为礁石
永远潜伏在她内心深处
细数从她心里经过的所有的生命

我要在桃花面前立地成魔
让我豢养的春风哺育娇艳的花魂
我要在她粉红色的梦境里
涂抹一万层蜜汁
让她带着甘甜，听到
清晨雄鸡报晓和清脆的鸟鸣

然后，陪着她随太阳

走过浪漫而缤纷的春天

2022.3.9

我已如此的贫穷

我已是赤身裸体
仅存的一颗心瑟瑟发抖
花，已随风落尽
还有什么理由渴望盛夏的果实

我已从病榻上爬起
凭什么再呻吟一次欲望的痛苦
锋利的刀斩断所有的牵挂
伤口，结痂成一个陌生的名字

我已经没有任何理由抒情
当你踏着我的胸口消失在夜色里
火焰就烧焦了所有的期待
吐一轮残月，高悬西天

夜幕空空荡荡
一曲伤感情歌透过骨髓
镂穿我诗歌的扉页
在嵇康的琴弦上坐化成冰

我还能拿什么留住你的影子
我的诗歌已骨瘦如柴

望着那轮残月

我已贫穷到一丝不挂

2022. 6. 10

坠落的心

一颗心坠落，从九霄云外
碎片是残缺的星辰
在苍茫的原野里涅槃
一地青草，春风吹又生

梦已荡然无存
记忆在地下的河流里死去
喂饱一群无知的鱼
从此，秘密再无人记起

青草在风里唱歌
它已不是昨夜闪烁的繁星
它不懂空虚的悲伤
又怎能去亲吻风干的白骨

它不再眺望那只古老的鸟巢
飞鸟的翅膀追不上飘飞的云彩
雷声轰鸣，如泣如诉
我的泪高悬在空中，不落

扯一缕清风
让唏嘘的人生拂过草地

让挣扎的灵魂带上牢固的枷锁

把所有的故事封存在九泉之下

2022. 6. 10

有感杜甫

八月的风，穿过远古的森林
吹落杜甫的酒杯
一声长叹，冬雷阵阵
花白的胡子刺破长天
肌肉在岁月里融化
皮肤皲裂，如水晶透明
一根根傲骨
坚硬如铁
只有鲜血如火
把骨头铸成一柄长剑
拨弄日月星辰
天如棋盘

结冰的江水
覆盖着倔强的灵魂
只有童稚无邪，不谙世故
一脚踏破寒夜
让裸体暴露在夜深人静的时刻
睡梦里静听冷雨从房顶滴落的声音

温一壶浊酒
独饮一杯千古忧愁
目光如炬

怒视苍天，但胸中无恨
三杯下肚，头脑清醒
沉醉的是南村群童

祈求广厦万间
送给熟睡的人们
让白骨涅槃，化为栋梁
让皮肤转世，长出绿草
期盼一夜春风，唤醒天地
然后，可以杖指蓝天
长笑，惊动日月

2022. 6. 11

假如我是一朵桃花

当我以一朵桃花的姿态死去
春天就以长者的身份写下挽联
那一缕清风，呜咽
喊不出任何人的名字

树木在静止与摇摆之中
一路疯长
说不清踩着谁的尸骨羽翼丰满
只有隐藏在枝叶间的鸟窝安静如初

我曾经在寒冬里呻吟
但从来没有眼泪
我用颤抖的手，致意梅花
我的爱人，可否等我一季

我曾经踩着春天的酥胸，风度翩翩
骑着李白放养的白鹿游戏人生
那时月亮在我怀里安睡
我酒杯外溢，起舞弄清影

细雨蒙蒙，饮一杯高山流水
抚琴一曲，弹裂滚滚红尘
脱去一层层华丽的外衣

赤身裸体，成为夏天的幽灵

桃花入诗，在夏天的骄阳下晾晒
褪色的记忆填不满足迹斑斑的扉页
秋天已经不远
我只想以桃花灵魂的姿态闻闻菊香

2022. 6. 11

李白的酒

皇宫里的酒杯太重
不能喂饱肚子里的酒虫
一声长笑
飘然而去

骑白鹿往来于千山万水之间
笑看银河落九天
手持绿玉杖
敲击黄鹤楼廊柱，高歌一曲

歌声回荡，振动林樾
你呼吸的瞬间
千山浮动，碧水静止
遥远的银河，彗星坠落

你坐在大唐的城墙之上
金樽外溢，款待长天一轮明月
千金散尽
换来一夜狂欢

酒可以醉人，但没有醉心
床前的明月
映出你含泪的目光

对影成三人，再干一杯

也许你真的醉了
白发三千丈，化作流云
黄河之水滔滔
你须发飘逸，仙姿绰约

2022. 6. 11

—

爱已随风

我的爱在秋风里翻转
半入泥土半入云
尘埃之中，那一句卑微的承诺
玷污了玫瑰滴血的颜色
飞蛾扑火，羽翼渐入绝境
谁能识破美丽诱惑下的本性
只叹，飘忽不定的那一片雪花

不要再追问花香何因
清风追随彩云
只是吹起了半空悬浮的红尘
眼前淡雾朦胧，袅袅不断
一个声音断断续续
我的乳名化作一场秋雨

一段刻骨铭心的记忆
让我愁上心头，再上眉头
霜雪皑皑，露水凄凄
我在秋风里度过迷茫的夜
落叶和归雁封存了那本旧日记
爱入秋风，沦落天涯

2022. 6. 12

看到了菊花开

桃花已死，玫瑰枯萎
我在秋风里哭泣
霜色洁白，遮不住悲伤的表情
落叶萧萧，飞鸿哀鸣
望着枯枝空巢，乱发飘散

陪伴王维抚动琴弦
月光皎洁
隐藏了春天的光辉
寂寞，沦落为秋天的一柄利剑
斩断天涯芳草

秋水寂静如镜
照出扭曲的万千风景
它已不再疯狂奔涌
羞涩难当，它是做错了事的孩子
愧对烟花三月的风

千里黄云，白日西沉
寒风吹乱的雁翎沾满哀伤
那一根飘落的羽毛
是凋零的桃花，也是枯萎的玫瑰
说不清，人生渺茫

静坐在红尘的客栈

斟一杯秋水，酸甜苦辣

就着万水千山

咽下一汪烟雾朦胧的虚情

寻觅，还有谁是天涯沦落人

那一瓣桃花在九泉下沉睡

我空守玉壶冰心

把骨骼埋在秋风肆虐的山巅

大雁飞过

菊花开得如此鲜艳

2022.6.12

面对一朵桃花

桃花粉墨登场
我手捧春风膜拜于地
默诵梵语
许下惊天动地的宏愿

但我无法追随你的芬芳
因为，我骨子里全是冬天
蜜蜂不死
我把灵魂托付于它

暂且把春天覆盖在肌肤之上
让流水穿过躯体
我嘤嘤嗡嗡的呜咽
淹没如雷贯耳的鸟鸣

我竟然羡慕那一片叶子
它可以在奔放的芳香里安睡
尽管没有名分
但能陪着桃花终老一生

不知为什么
每一朵花都是一盏幽冥的灯
总是在黑夜里点燃孤独

夜露挂满婆娑的睫毛

就这样
我在这落红飘飞的时刻叹息
竟没有一只蜜蜂富有
只有默默地，用落花祭奠自己

2022. 6. 12

屈原祭

汨罗滔滔，无边无际
江水寒冷，透过骨髓
一个单薄的身躯
在浩渺的江水里只是一粟

他不愿再看到阴云密布的天空
灵魂里融入石头
一沉到底
贞操在水草里凤凰涅槃

他高举酒杯
吞下一江浊水
在慨叹的诗文里祈祷
一杯祭奠长天，一杯还醉江月

竹林萧萧，艾草低沉
世人欲哭无泪
楚辞里的呐喊是无奈的沉默
素琴之上弹起坚硬的骨骼

日月如弓
射穿银河霄汉
一颗心擎过头顶

高于云端，气压星辰

尘埃覆盖的长发
掠过千年史册的扉页
糯米的清香在一个念想里回荡
他骨骼如剑，光芒如初

2022. 6. 13

谢朓祭

一棵玉竹
扎根在南朝的青山绿水之间
影子绰约，映在青石之上
千山暮雪纷飞
诗歌在烟云之中涌动

云卷云舒，青山不改
都在诗里酿成酒
水不是水，山亦不是山
一片情在水里生长
在山间酝酿
看归流如鹜
宣城之上云淡风轻

玉树临风，遮蔽嶙峋怪石
在鸿鹄的翅膀上起舞
在风头浪尖上策马奔腾
那一根筋僵硬如柱
不会在八面来风中弯曲
泪，漂浮那一叶孤舟

形骸放浪，阡陌生辉
长发拂过清流

青衣高扬，骨骼如笔
画出苍天北斗倾斜

青松折枝，玉竹落叶
秋风萧萧，留下千古绝唱
为后人唏嘘感叹
李白疯狂
王维，杜甫饮醉
刘长卿，李商隐写下挽联
你年轻的脚步
一路西行，从未回头

2022. 6. 13

时间是一片落叶

落叶无语
在季节里，用候鸟的羽
装点风的翅膀

我一如秋露
含着情，在风里飘落
阳光如少女的手
曾在我脸颊写过春的温柔

我心如花蕊
寂寞成一滴雨
在叶脉里，被蜜蜂吻成一杯酒
秋风不醉，枯叶向晚
我被归雁嘲笑

谁的鬓发能不染霜
哪片绿叶能抵挡枯黄
我以梅的姿态安慰落叶
我们都是时间的过客

2023. 10. 12

梵高祭

一支笔，饱蘸沧海之水
一幅画，覆盖山川湖泊
颜色犀利，灼伤人眼
向日葵的金黄下
梵高斜依日光雨柱

种子本不会在寒冬里发芽
但鲜血流出指尖
色彩溢出瞳孔
人们的眼里就没有冬天
笔一挥，抹去了黑白世界

谁在忧郁的空间里思索
色彩与线成为生命
光阴是一支笔的俘虏
人生是一道墨的风景
眼泪就是太阳下喷薄的泉流

尘埃下的一颗心
在一场春雨里洗净
繁花丛中虚掩的画笔
拆解了世人的骨骼
让有良知的人唏嘘不已

茫茫天涯，寻找一颗裸露的心
和一个孤独的人对饮
酒杯里，是歇斯底里的疯狂
是郁闷的呐喊
还是孤独中的宣泄

无需让期望高过天空
一腔热血浇灌出向日葵犀利的翅膀
在人间飞翔，在地狱发狂
失去多年的耳朵啊
听到了向日葵开花的声音

2022. 6. 19

骆驼吟

骆驼的脚印盛得下狂风飞沙
驼铃声声，敲醒了仙人掌的沉睡
西风里的一匹瘦马，眼泪
融化了大漠孤烟
你沉默的心，如那座冰山
风，如泣如诉
咀嚼着写满人生的滚滚流沙

孤独的弯月，如
一叶小舟在茫茫无际的黄色海洋里
迷失今日的方向，又如
一弯刀光，划过荒芜的脊梁
滴血的思绪
是谁今夜无眠

苍鹰无语，属于蓝天
猛虎无恨，呼啸山林
可你是一座山
宁愿让泪水化为冰雪
换取
溪流涟漪潺潺，江河波涛滚滚

红日从你的眼目里溢出

忘记了昨夜的星辰
你仰望蓝天，饮一杯飞沙细雨
你醉了
你以长者的姿态
书写着此起彼伏的图腾
把故事一辈辈流传

2022. 6. 21

父亲祭

你用一生的汗水
写出最完美的沉默
你用一生的泪水
筑起最牢固的坚强

你采摘春风
喂养越冬的土地
你粗糙的大手
被冬天的枝丫划破
血液，点燃了庄稼的激情

你托起夏天的朝阳
捡拾一颗颗叶尖上的露珠
又弯下身来
让夕阳的影子在脊背上归零

你披着秋霜在田埂上踱步
预谋下一场革命
眼前总是飘起胜利的旗帜
一丝微笑在嘴角上爬行

冬天的雪，很白
无法分辨出你有多少白发

你的沧桑，占据了冬天的版图
那遍地的枯草
做了你忠实的朋友

你就这样走失了一生
在又一次解冻的时候
流水，冲走你最后一道年轮
时光，把你定格为一棵古树
在母亲燃起的炊烟里
你瘦削的灵魂在风中起舞

2022. 6. 21

我喜欢太阳的颜色

我不喜欢霓虹的光怪陆离
这种变幻莫测的色彩
会迷失眼睛的走向
难以分清春夏秋冬的关系
让我虚掩的肌肤
在纷繁的花香里丢失自我

我喜欢太阳的颜色
它一成不变的血液喷薄如剑
让我和庄稼体面地活着
在真诚和虚假面前做一个诚实的人

我也像流浪歌手一样
在朝霞和夕辉里纯洁地奔波
在广场、路边和街角
微笑着回忆炊烟缥缈的味道
这种颜色在阳光里升华
唤醒铺天盖地的鸟鸣

这样我才能洒脱地活着
背负起故乡的青山
脚踩喧嚣城市的马路
我的眼睛不会在霓虹里产生错觉

2022. 6. 25

春天里，繁花湮没了我

春天里，繁花泛滥
我的身躯，是如此的渺小
如一片叶子
我被湮没，如同
一片竹林湮没了王维的琴声

我的眼睛湮没在层层叠叠的闪烁之中
太阳和月亮，我奢望
一匹骏马系在高楼之下
仰望，高高在上的星星
一声长鸣，绝望地看着夕阳
慢慢地落在天涯

遥远的歌声与耳膜无缘
油菜和麦苗拔节的声音是一种渴求
向日葵下的画家
欲哭无泪
泥土下暗流的涌动溢出红尘
何时长出一对飞翔的翅膀

谋划一场盛大的革命
在我的肌肤上举行仪式
我只能挺起坚硬而高贵的骨骼

上面，可以开出千万朵梨花

我渴望一场秋雨

一声炸雷把天空惊醒

2022. 6. 24

春天来了

冬天的雪，眼泪不干
它不想让我结冰的血液复活
但这一刻，是沉默的
杨柳风不会撒谎

于是我有了爱
在一片叶子上寻找寄托
清晰的脉络像一条条琴弦
我该如何拨动心声

在寂寞的每一夜里
我望着星辰的眼睛想心事
谁会在夜深人静的时候
翻开我的日记，加上注释

不知不觉间
一夜春风偷袭空荡的枝头
如在我的吉他上跳出低音的颤动
麻醉了积攒了一冬的疼痛

我兴奋不已
当你怀揣着春风在枝头打坐

我梦境里一轮圆月升起

满树的花苞正欲开放

2022. 6. 24

以春天的名义说话

河水涨满了人的眼睛
一群鱼游出了三月的风
草长莺飞的季节
一声声婴儿的啼哭从湖面溅起

炊烟里，弥漫的花香无需遮掩
一再重复的童谣不厌其烦
古朴而沉默的村庄
你的面容憔悴，但和蔼可亲

为捡拾一颗过夜的露珠
在一株芦苇的疯狂中迷路
于是，我期盼那只水鸟
它要在水边写出碧绿的年龄

我随风飞过原野
不知名的小花呼唤我的名字
我沉重的渴望打湿衣襟
在展开的羽翎上写下诗句

2022. 6. 25

在巨野白虎山天池

一再折叠的蓝
把白虎的名字铺成天空
保持沉默的梵语
用镜子的方式接纳风景
沾满了金山上飘来的烟火
无法测量出鱼的深度

峭壁的意识一错再错
一声炮响
让它的胸怀一大再大
敢于用石头的口气
向仙女们炫耀瞳孔中的颜色

沾着桃花的云彩
调戏正在怀孕的游船
把人们的笑语和赞美系在船舷上
梧桐花的香味在风中叫卖
却落在女人的眉梢

一架桥腾空而起
紧紧抓住两岸的石头不放
谁敢把餐桌放在上面
酒杯里一定盛的不是酒

是脚底下翻腾的蓝

谁敢说心只属于自己

我相信你似乎看到了天池里的白虎

2023. 7. 11

怀念过去的英烈们

鸽哨吹散天空的云
投影到山川河流
一群傲骨睁开沉睡的眼
笑容，是漫山遍野的鲜花

告别他们熟悉的烽烟
拥抱着如今的山清水秀
弹片雕刻过的肌肤和内脏
养育着一茬又一茬的草木和庄稼

他们坚贞不屈的瞳孔
陪伴着朝阳升起
又映着夕阳慢慢地安睡
现代人的足迹从他们的骨灰上走过

金沙之浪拍打着云崖
雪山的白涂染着他们的秀发
草地上已经没有陷阱
鲜花和芳草铺满二万五千里征途

那些不朽的灵魂啊
把肌肉，骨骼，捐给了自由
只留下英名坐化成仰天的雕塑

在史册上闪闪发光

读一本你们留下的诗集
足迹布满扉页
血痕洒满字里行间
我们的心海波涛滚滚

2022. 6. 25

驯 鹿

鞭子举起，雷声轰鸣
鞭子落下，大雨倾盆

鹿昂首挺胸
双目如炬
它是如此的倔强
不肯屈服

我不能驯服一头鹿
但我并不懊恼
也不气愤
我放下鞭子

我弯腰九十度
化作冬天的炭火
我满面春风
心田桃花烂漫

鹿低下头
嗅了嗅我的额头
我坐在它的背上
风景，是那么美丽

2022. 9. 4

老马记

一匹老马
挡在秋天的路口
遥望远方
暗流，在血管里成霜

一行归雁，如秋叶一般
紧贴在萧条的田野
又如日记的扉页
在秋风里诉说故事的始末

清风凄凄，在故事里翻找未来
心如飘絮，青山不改
但弱柳扶风
露珠在发髻里打结

足迹清晰，刺痛双眼
已无法辨认擦肩而过的人面
乱发沧桑，掠过层峦叠嶂
任秋风秋雨摆布

只把老树抱紧
细数凌乱的年轮
聆听世间神话穿肠

惊一身冷汗，黄叶萧萧而下

把白发交付给满月
目光交付给晚霞
谁能与我再渡一川秋水
让长天见证心跳的威力

肌肤裸露，骨骼铮铮
冷落的原野，空旷无边
但有丛丛野菊飘香
激励我和人间一次深情对望

2022. 11. 13

秋天祭

秋风呼啸
摇曳的琴音颤动山林
一江秋水，隔开
春雨和冬雪的拥抱
遥望隔岸
那一夜秋霜熏染鬓发

我如何才能化作天山积雪
哭出一条小溪
养一池青鱼见证春天
我向一朵莲花证明
大海里的水
都是我的眼泪

那一季春风的恩赐啊
让青山如此妩媚
我饮尽所有的花香和蝉鸣
醉倒在天地之间
裸露的肢体在阳光下成为化石
而青山永远不老

秋霜却是如此沉默
偷偷在日记里夹一片落叶

干枯的叶脉是黄河故道
梦的影子沉积在黄沙之下
我不想考古西天残月
一壶老酒祭奠明天的旭日

2022. 11. 13

冬天，我为一棵树哭泣

心中是静止的山脊
脸上是千年冰川
只有寒风撩拨你的极限
一声声咆哮才震惊山川旷野

瘦骨嶙峋，曾经
有一条河流穿过你的心脏
岁月的刻刀，雕刻下严寒酷暑
在年轮里坐化成神话

血液被日子风干
栖鸟的翅膀上覆盖冰霜
一个个灵魂在我眼前沉睡
我应该沉默，还是哭泣

叶子成为弃儿
跌落，翻滚，带着日子，背着无奈
成为一顿反哺的晚餐
你，等待一次地下传来的欢呼

也曾在春风里嗅一季桃花
也曾在蝉声里醉一缕骄阳
在把一个个旭日转化为夕辉时

你用血管里的绿摇碎四季的渴望

你把繁华当歌，高挑枝头
却任秋风弹出凄凉的琴韵，掩面而泣
我绝不相信，你抖落的岁月
会成为今生悲伤的歌词

你应该站在我的眉宇间
高挺颧骨，细品世间风雨
与我交杯，而不会让我流泪
酩酊大醉后，赴一次易水汤汤

2022. 11. 14

柳叶花

我无法定义一片叶子
就像无法定义一段感情
感情的法则并没有固定的模式
而叶子的法则
有时随着意识而循规蹈矩
它可以在人的意识和情感里
成为一个风向标
换而言之，是日记本
连续剧

我之所以无法定义
是因为，与其说是叶子
不如说是一朵花
它是温度和情感的化身
它是用一片片柳叶拼凑成心结
朴实，单调，却不失温馨
就像一弯新月
每一束光都能打动人心

本以为春天走了
燕子飞回南方
一切花儿、草儿都在秋风里枯萎
满眼的萧条让人伤怀

但不知道秋天的凄凉里

也能想象并制造出迷人的风景

此时，我思想的洪流冲垮了堤坝

感情的色彩不再只用春天命名

2022. 11. 16

又见芦苇

你来到世间，从来没想过拥有什么
在湖泊和沼泽之间辨别一场雨的未来
那些泥泞泛起的潮湿总是亲密的
青苔、蕨类和飞虫的低语带着童音

小时候，你是老家的一片天
童年的谎言和谜底都藏在其中
一群蛙鸣给狡猾的泥鳅辨别辈分
水鸟的羽毛镶嵌在秋天修长的叶子上

时间的长度无法用水去丈量
我总是在一泓水里捡拾你的影子
让我重新创造一些词语揉碎时间和空间
但眼泪绝对不会在里面过夜

2024. 2. 24

我是沧海里的一只水鸟

我是沧海里的一只水鸟
腾空而飞，浪涛飞溅
胸中长满了菖蒲和苔藓
沾满流沙的翅膀渗出斑斑血迹
渔夫对我说
那是无数闪光的星星

我抚摸亿万年前珊瑚的醉态
它与我惺惺相惜，对饮明月
我亲吻一条寂寞的鱼
留下涟漪千万，迷宫数条
回头看去
海风迷失双眼
我怎么能辨别南北东西

我展开翅膀，霜满羽翼
用目光垂钓九天的梦
旭日如襁褓，裹紧我的灵魂
遮挡了半世风雨
我用舟楫蘸着海水作赋
几人能理解其中的韵律和含义

我已把放飞的影子

归入酒杯

在液态的故事里游戏日月星辰

羽毛间散发出朦胧而干净的暗香

我在一块礁石上坐化成灯塔

照亮来来往往的行船

2022. 12. 17

请让我把红尘饮尽

请让我把红尘饮尽
在骨头里绽放横流的沧桑
我期盼你的笑靥
能撑破所有的沉默
在万紫千红的花香里
化作翩翩起舞的一双彩蝶

我愿你一枝独秀
凌寒傲雪，潇洒开放
你嫣然一笑的姿态
俘虏我的前世和今生
用你的芬芳
熏染了我连绵不断的寒夜

我已泡在红尘里太久
寂寞，迷茫，荆棘，陷阱
厌倦的灰尘压弯脊背
我厌恶那些苍蝇的嗡鸣
厌恶西装革履下面的匕首
请让我把红尘饮尽吧

我宁愿一醉千秋
抖落一身花香和鸟鸣

我无法轻易承诺

但可以放白鹿于天涯海角

在红尘之外，茅屋不破

2022. 12. 17

你还有什么可以嚣张

阳光都成了直线
马路都被折叠于车轮之下
你还有什么可以嚣张
你撒下的灰暗的影子
都成了过眼云烟
你还有什么妖法可以施展

你的幻想，被一场风雨熄灭
你背后的大树
也在风雨之后枝折叶落
你在人世间的招摇
已成为西天的残阳落日
一场大雪将覆盖你曾经的
洪水滔滔

我曾沉睡在汨罗的菖蒲丛中
露水打湿了青衫秀发
在生与死的边缘上歌舞一曲
芒刺在胸口烙下印痕
在你狰狞的微笑中
我见识了荆棘与陷阱的狂妄

我趴在孙膑的膝骨上呜咽

看见了背后的利剑锋芒刺眼
在古老的暗箭和谎言中
血迹斑斑的足迹里填满冰雪
但总有一棵大树会站在风的路口
上书：庞涓死于此

冬天的瘴气在黎明的春风里死去
我的热血在暗流里沸腾
带着温度和愤怒诅咒一群狼
小草在雪融之后凤凰涅槃
野火已灭，春风荡漾
以后的时光里
只剩下那群狼的哭泣和死亡

2022. 12. 19

勾践，你是我的前世今生

我尝试过会稽山黄酒的烈性
我也曾醉倒在烟雨蒙蒙的草丛
一群苍蝇嗅着我的软弱
想用嗡嗡声当作为我送葬的挽歌

我也细品过苦胆的滋味
把悲伤雕刻在心扉的两侧
泪水是满满的胆汁
却只在眼眶里化作冰雪

我看到了你低矮的城池
极像折翅的鲲鹏暂栖于草莽之中
你把长空贯穿于跳动的血管
一层层灌木拔地而生

我像极了你的坚强
也和你一样
在苦不堪言的汁液里
把春秋，应是卧成了战国

我们都是热血不死的人
低头，表情是冰冷的钢铁
抬头，是青铜铸成的雕塑

只有利剑，才能划开梦的阴影

你就是我的前世今生
你赠予我缟素之剑
让我在惟余莽莽的季节
涂染了人生最黯淡的史册

终于，鲲鹏展翅九万里
览尽了银河星汉与山川湖泊
雷声轰鸣，惊起飞禽走兽
千年不死的野草，在烈火后复活

就让我珍藏你给予的神剑吧
把最后的雕塑刻成极品
但那悬挂在头顶的苦胆
永远是我启航的帆船

2022.12.24

今夜的雪，为谁白

这漫山遍野的白
你从哪里来
你用这巨大的棉絮
覆盖了乱七八糟的颜色
我的眼睛干净到一贫如洗
单纯、洁净充斥心扉
清静和安宁让我的思维凝固

那遥远的故乡
那生我而未养我的故乡
那让我伤透心流干泪的故乡
在这白里消失
我无法辨别你存在的方向
怎么还能看到那滴血的钢刀

我曾经踏着卖炭翁的脚印
迷失南山
我曾经坐在老杜的茅屋里
孤独成绝望
乌云里的闪电刺伤我的双眼
竟没有一片遮雨的树叶
我多么渴望漫天的白
埋葬整个世界，包括

春，夏，秋，冬

雪花纷飞
一夜染白了少年头
在冰冷的黑夜里
我看到了手捧火柴的小女孩
我给她说：请不要点着
不要抹去这干净而公平的颜色
就一起融化在这个纯洁里吧

现在，我已经涅槃于寒冬
请问，今夜又是为谁而白
树木苍劲，虬枝如钩
钓起千万孤独
飞鸟衔起一地雪意
我心中飞出怀素狂草的图腾

我留恋无瑕的白
不再让纷繁的红尘刺伤眼
更不要刺疼心
就让它们腐朽在这白色里吧
梨花纷飞
不是春天，胜似春天

2022. 12. 26

牧羊人

草原，河流，羊群
一阵风泛起了心跳
远处，是天地之间的缝合
天上的云，是羊群漂浮的影子

马匹踏破铁木真的酒杯
长鞭把日头从东海赶到西山
沉默的牧羊人
一场雨浇灌出一个王国

号子声中
写意的鹰给云层加注释
那些野兔，狼，牧草无不臣服
我们也不得不臣服那些细微的事物

"落日平原"是唐朝人的眼泪
祖传的鞭子是牧羊人的诗歌
一望无际的绿、柔，飘逸的长发
是他们放不下的爱

2024. 2. 24

雪色无欺

雪，已经铺天盖地
滴下的泪珠成为冰粒
一棵树站在空旷的原野上
白沙覆面
呜咽，惊醒地下的河流

鹰，在孤勇者的眼眶里盘旋
它用翎翅拍打白天和黑夜的窗棂
千堆雪飞扬
迷失狼群的眼睛
这纯洁的颜色里
隐藏不住任何谎言

梅，血液里渗出寒冷
在回荡的空谷里呼喊坚强
绝壁上的松
在风中回应，谁是雪的宠儿
一起遥望，北斗隐匿
惟余莽莽的歌声天地同曲

刀，在风衣中铮鸣
寒光在冰雪里作画
但无法衡量战国青铜的硬度

只有这漫山遍野的白
能容下滔滔江水
淹没嚣嚣红尘

2022. 12. 26

夜色里的爱

太阳落山了
一切都隐匿在夜幕之中
寂静，在黑暗里延伸

只听到
湖面和鱼儿的私语
微风和树叶的私语
鸟和巢中卵的私语

我脚步轻轻，闭口不语
生怕要打扰那些不起眼的灵魂
它们，也有一种爱

2022. 12. 28

路旁，那两行树

黑夜，路渐渐露出它的虚伪
车灯如箭，试探它真实的一面
只有两旁的树
像仿古的士兵，站立出时间的永恒

我见过聚集的树，也见过落单的树
像我小学时默写的拼音字母
有时双眉紧锁，有时欢天喜地
过往，有多少无意间丢失的时刻

我希望你再任性一次
无论春天，秋天，还是寒冬
当然，你一再考虑是否忍耐还是放纵
但地下的河流从你身旁缓缓流过

季节改朝换代的时候
有多少姓名在时间的路口下沉
我知道，你有时的沉默
并不是向秋天的风妥协

2024. 2. 25

放 下

许多年的寻找
如今我学会了放下
就像雏鹰学会了飞翔
大海学会了接纳

其实，我们进入了一个误区
总以为会有更好
所以这些年来
才被愤怒刺伤灵魂

清理思绪
就像清理青铜器上的污垢
发出的光亮
清理了今生的不幸和来世的悲哀

心清如水
看到了花香鸟语
透过云层的阳光下
山川河流是一幅美丽的画卷

2022. 12. 28

自 律

仰起头
星星就会掉下来
低下头
露珠就会掉下来
板起脸
自己就会掉下来

有一种病根
西医治不好
中医也治不好
只有自己可以治好

肚子里有把锤子
时刻敲打我的心扉
我知道
行程不能偏离方向

2022. 12. 31

审视自己

我审视一棵树的年轮
因此走进了迷宫
停留在一个寺院里打坐
悟出了一些人性
于是，我开始审视自己
我的细胞有别于植物和动物
所以，我有别于同类

撕下一块肉
带出了一种个性
哭过，怒过
伤过，恨过
烙下了一个阴影
飘忽眼前，挥之不去

2022. 12. 31

我在一座庙的门口徘徊

我在一座庙门口徘徊
那些慈眉善目的佛打动了我
我想把来世托付给它
让那些公平的神给我一个了断
让我的来世不至于再在迷宫里困惑

今生已成定局
如果来世再如今生
我祈求
让我重来一次

今生的行程是一个迷途
我的少年和青年在里面哭泣
而今，走出了迷宫又陷入了无奈
太多的无奈
使我已经不能成为我

我的肩膀柔弱成一根稻草
一头是日子
一头是大山
而母亲是导演悲剧的主角

人生是一个多解的方程式

所有的解都在一个人的思维里跳跃
我期盼天下的父母都是佛
天下的孩子都是香客
这样，人生才是真正的乐园

2022. 12. 31

月光下，怀念白居易

那头老牛死去
那辆老爷车也被岁月腐蚀成记忆
卖炭翁，已经洗净双手
和苍苍的两鬓，把晚年寄居南山下
在一顿晚餐里回忆昨天的故事

伊水对岸石窟的烟云缥缈
香山寺跌落在伊河里的钟声沉默
当然，已经听不到浔阳江头的琵琶
玉盘跌落，大珠小珠何依
琵琶女在夜色里剃度，红衣熏染了一个黎明
琴弦已断，无需十指消瘦

放下吧，何必长恨
让满腹的怨在美好里烟消云散
让汽车的喇叭声在柳丝之间穿梭
唤醒一个情种，绿出一个唐朝
把长恨歌重新谱曲
我与你在今夜的月光里对饮

2023. 1. 6

金山大洞记

阳光的一只脚踏进洞口
就把一堆堆的时光踩在脚下
石壁上的山枣树芒刺倒生
那些故事挂满枝头

秦王以一颗红枣的姿态占据凉爽
把石头挤出了清泉
从此这里没有了四季
蛇和鸟儿无不退避三舍

山上的野牡丹可以作证
一头金牛来洞中喝水
奉旨诏安 批穷苦百姓
金元宝的光芒给野牡丹镀上了色

现在，秦王坐在史书里饮酒
赐金字命名此山
招来一群神仙在此修行
他们在我的诗中谈笑风生

2023. 1. 7

在花果山上忆起孙悟空

吴承恩放养了一只猴子
山上就开满了鲜花，树上就结满了果实
每一块石头都赋予了灵性
每一个洞穴都装满了故事

就在齐天峰顶
一幅东方古典的工笔画
绘制了七十二路神通
他们都被一根猴毛降服，原形毕露

风吹拂着海面
海底的盐堆积成岛屿
石头上长出的粮食
喂养了两个和尚和一头猪

金箍棒挑开瀑布
原来，世外桃源和尘世只隔着一层水
迷失在洞里的人，摩肩接踵
用不同的口音描述石头奔跑的姿势

每一块石头和树木的密码
如跃出海面的鱼
把唐朝的风景浓缩成一杯茶

让后来人，在满足中洗个热水澡

我们只有清点每一个细节
才能在戏剧的背景图中悟道
只有把那块顽皮的石头反复打磨
才能彻底了解姓氏们低头的原因

2023. 1. 8

路过花冠酒厂

每次路过此地
就看到透明的洙水河浓缩在杯中
一股透心的诱惑缥缈
是谁大笔一挥，写出了沁人心脾的酒字

是不是唐诗宋词跌落此处
给奔流不息的洙水加了佐料
从此，大野泽里走出一位莽汉
在神州大地上闲庭信步

他非红高粱不娶
浓香的佩剑环绕于杯盏之中
谁人敢用花字冠名自己的绰号
来吧，十八碗之后再下结论

2023. 1. 8

清明节上坟

纸灰，不停地撞击老柏树
叶子飘散
落满先人的房前屋后
就像一群鸟啄食后的地面

叶子们就是一本历书
每撕下一页
日子就死去一天
墓碑上就会被露水涂抹一层

通往此处的盲道足迹不断
消失一批，出现一批
在一只斑鸠的叫声里
茅草黄了青，青了又黄

但它们不死
它们懂得感情是有代价的
准备着，在雨来临之前
擦干所有的泪水

2020. 4. 4

回忆童年

儿时的村庄
豢养了街里面的老坑
老坑里的水豢养了一群蝌蚪
这些蝌蚪豢养了我的童年

其实，我就是一只青蛙
在这片井口大的天地里长大
单调的草木灰的味道
让我饥肠辘辘的肠胃得以慰藉

最好的伙伴也许就是那些狗尾巴草
它们从出生到死亡
我就一天天地把它们搬运回家
那时，我就会得到一句廉价的夸奖

那所老学校是一位慈祥的老人
总是牵着我识过的字不松手
它在我的骨头里注入了混凝土
给我插上一双看不见的翅膀

一阵风刮走我玩过的所有泥巴
鱼虾，麻雀，知了猴，熬夜的除夕
以及让伙伴找我半夜的玉米秸垛

还有母亲的巴掌留下的永久的记性

一捧捧的时间，被风吹散
包括，我身上积攒的那些幼稚
我怀揣一张高中录取通知书
跳出了井口，看到了外面的世界

2023. 1. 9

夜幕下的小城

暮色里、夕阳喝醉了
吐出最后一口被酒烧红的谎言
蒙骗了点种在路两旁的灯火
跌落的星星在熙熙攘攘的人群里偷笑

那些昏昏欲睡的法桐
静听飞虫翅膀弹奏的旋律
驶过的汽车正赶赴一场饭局
喇叭声的剪刀，剪碎了人们的疲劳

其实，我期盼一场夜雨
那些让狗喊妈妈的人有机会靠近亲人
我懂得他们的心如同山谷
远远没有这些法桐叶脉里的养分充实

在喧闹中，人们把夜色伪装成黎明
只有那些健身操，才是真正的抒情诗
他们已经在四季里打磨掉了锈迹
而我们，也在准备写一首诗

2022. 6. 8

坐索道

一根钢丝，让两座山头接吻
一个吊篮让人们腾云驾雾
鸟儿的叹息，把天空刺得生疼
它在问，你的翅膀在哪里

鸟儿飞去，只有悬浮的人们
用汗水试探着山谷的深度
背着血栓漂浮在群山的波浪上
血液在头发上结冰

一群云彩极不友善
它要与人们在天空的擂台上一比高下
作为裁判的鸟儿
躲在森林深处吹起暗哨

2023. 1. 13

大 海

只有蓝色的胸怀
才能这样的无边无际
你俘虏了人们的眼睛
沉没了人们的灵魂

谁也无法琢磨你的心
更无法弄清楚你的脾气
一声怒吼，托起一轮太阳
一脸沉默，扯出一轮明月

追上潮流的
都是幸运的
留下来的
都是一些亡魂

我们都懂得你的宽容
知道你的大度
你接纳鱼虾和水鸟
也接纳那些暗礁

2023. 1. 13

夏　天

每一片树叶都可以酿出酒
每一滴水都能拯救一条生命
搁浅的鸟鸣
被潜水的鱼带走

正午的阳光
挤干动、植物体内的水分和盐
当作唯一的调料
在任何一块马路上做鸡蛋煎饼

蝉的噪音是被逼出来的牢骚
刺痛隐蔽在树丛里的鸟
鸟儿们的嘴张裂，舌头跌落
期盼着悬在九霄云外的那一滴雨

土壤里的火炙烤着庄稼和草
它们无心再说那些无聊的悄悄话
没有什么去安慰这些生命
闭上眼睛熬过一场劫难

太阳折腾一天之后
拖着疲惫的身体跌落西山

这些庄稼、树木、草

一夜之间偷偷地完成了一次革命

2022. 6. 18

秋　天

一场雨
把怀孕的植物送进产房
风婆婆的手术刀锋利
一个一个地做着分娩手术

姓农的大哥
看着这些用汗水养大的孩子
心里踏实了许多
晚饭的时候会斟满一杯酒

树叶挣脱母亲的手
在获得自由的同时伴随凄凉
吻别了生命的年轮
认祖归宗

霜的白是一纸证词
在季节的法庭上宣判
那些纠缠不清的争议和假设
就此罢休

2022. 9. 23

冬 天

一场风刮过
那些灵性的东西被收拾干净
一场雪过后
那些颓废的残渣被打扫干净

美与丑暂且放一边
一幅素描代替了过去的水墨画
太阳把火炉逐个熄灭
喝在肚子里的酒
打个嗝，就会成为屋檐上的冰针

冻伤的鸟终止音乐会的进程
它们为一顿饭发愁
有时候在一片干净的土地上
看到的惊喜，恰好是一个圈套
这些鸟儿，都是一些老实人

春天和夏天是复杂的
而这些复杂的东西正是安全的表白
冬天是单纯的
有时隐藏着复杂的阴谋
那些诚实的生命在这些阴谋里夭折

2023. 1. 18

雪天行路人

敢在一大早踩死雪的人
一定是一名剑客
他的任务把一颗心烧成木炭
目光如炬，穿透苍穹

一幅风景画
冒着双足蒸腾的力度
一点一点，丈量了路的长度
他的衣襟里，裹满了冬天

但他不能停下脚步
为了心中的一个目标
他要把前面的雪变成烈士
目标，也许是一碗红烧肉

2023. 1. 15

那台老缝纫机

皱纹和岁月一同记录在陈旧的木板上
退去的光泽耕种过无数个日夜
松弛的履带拥抱着生锈的轮子
生怕一松开就失去了生存的信心
轻轻转动，声音有点沙哑
但是，没有半点谎言
如果能把路程拉直
绝对是一次与生活摔跤的长征

那把被绷带缠得苍白的老剪刀
一直默默地陪伴着它
曾经把五彩缤纷的颜色剪成春天
然后在有节奏的音乐声中
把一块块春天的故事缝合成日子
这对老搭档在沧桑的年代里
不离不弃，共同
喂养了主人手上的一层层老茧

用脚踩出来的老式岁月
曾经是人们的自豪和荣耀
在生活的年轮里镶嵌了一颗颗珍珠
但孙子们却叫不出它的名字
他觉得天天穿在身上的华丽服饰

本来就该如此
我却不断地翻找着那些失色的记忆

2023. 1. 27

在小学时的母校

读书的树木，在教鞭的敲打中
把阅历挂满枝头
一些老式砖头含情脉脉
当年伴随读书声入眠
现在只能在围墙上晒太阳

那些用土坯做成的道具
早已退出历史的舞台
我们都曾经扮演过泥猴子
在人间烟火的熏染中
已是三头六臂的孙悟空

那棵老桑树，是我的学兄
那些紫色的秘密
在我们嘴上留下过铁的证据
谁敢说那些鸟儿对我们没有意见
是我们抢了他们的粮食

这些复新的地皮
让我躺在时间里做梦
崭新的楼房请我和高档课桌谈心
一群孩子围过来叫我爷爷
但他们不知道我是这个学校的史书

2023. 12. 8

致 酒

粮食在时间里修行
在梦境里完成了一次新的革命
让心跳的芳香赛过三月桃花
把人心撒在风里翻飞

把太阳掺和在里面
把月光和四季也掺和在里面
这样的浓度，只需一滴
足以让文人在古老的文字里发疯

那些成捆的诗句
仿佛是天空停止的雄鹰
变成风，变成雨，变成冰雹
镀在了勇士的刀锋上

掏空的杯子里是时间的悼词
跌落的肝胆在马路上晾晒
一连串的阴谋不断翻新
有的裸露，有的隐匿

在你面前逞强的人倒下了
在生活中软弱的人站起来了

你的号角一响

我的兄弟们个个摩拳擦掌

2023. 2. 18

小城的烧烤街

夕阳把颜色镀在燃着的木炭上
手植的秘籍来回地翻动
举起的杯子在空中画出弧线
一股原始的浓香在小城的夜晚登场

路灯是忠实的看客
两旁的法桐疲惫不堪
任凭滴油的作品在夜色里吟诵
袅袅的诗歌沿着树叶写满整个夜晚

在肉里开花的八角，桂皮
悄悄地说着故事的开端和结局
转化为孜然粉的牧民
在烤熟的清音里唱着童谣

登场的主角一旦出手
口中落下的雨滴淹死脚下的飞蛾
干一杯吧，正是剧情的高潮
最后，在醉眼蒙眬中落幕

2023. 2. 19

荠菜祭

荠菜在张洁的文字里茂盛成口水
它们扮演成一群兔子
隐匿在舔舐早春露珠的麦苗下
嗅着雪迹遗留下的微寒
悄悄地唱歌，默默地繁衍生息

一群手持军工的猎人
用猎犬的鼻孔，山鹰的目光
探视着土地的每一块肌肤
在无限的满足中
猎取了这些让人们垂涎的生命

土壤里的佛语，用新鲜的伤口说话
血液在微微的风里哭泣
尽管春风有意，露珠有情
也难以阻止那些采食春光的执着
他们的满足是让肚子装满春色

荠菜的灵魂皈依佛门
整齐的饺子吃饱了人间滋味
挺着肚子静静的修行
直到煮断六根，心无杂念
才在狼吞虎咽的赞美中安息

2023. 2. 23

回忆童年时候的老电影

那些老电影喂养了我的童年
银幕上炮声隆隆的硝烟
把我的血液和心熏染成红色
让我在人类存在的环境里
成为一个乖孩子

在那单调的年代里
孩子们的心单调的只有泥巴
没有四面八方的风景
可以扭曲一个孩子的灵魂
我真诚得就像农民收割的麦穗

贫瘠的日子逐渐成为童话
我在童话里扮演成一个小乞丐
那些黑白的颜色，单调得
让我学会了辨别黑白的事物
颜色越简单，我的骨头越坚硬

那些老电影把我的目光定格在一个方向
把童年的性格挤压成一根钢筋
我们这些与时光一同饿瘦的羊
时不时地舔食一下年轮里的锈迹
一种情感总是没完没了地回味

2023. 3. 4

梅花的信仰

北风的剑刃锋芒刺骨
冰雪脸色冷漠
五颜六色的生命
在冷战中甘拜下风

一枝梅花装点乾坤
血色穿透季节
即使深埋在雪下
骨子里也没有冬天

信仰是生命里的北斗
与季节丝毫无关
即使风如刀，雪如剑
也要把冬天过成春天

可以流泪，但不哭泣
不与桃花争宠
但心中燃烧的火焰
让沉重的信仰永远闪光

2023. 4. 2

雪 天

那些雪花联合起来
设置了一座巨大的迷宫
饥饿的羊群在此迷路
山峦和树木虚伪成影子

侠客的目光如利刃
用信仰暖热追求
他要在天黑之前
完成一次关于生死存亡的革命

黑衣飘飘，让雪发怵
羊群在冻结的空气里嗅到春色
它们目标明确
胜过桃花盛开的方向

我不能说出前路的状况
我更无力写出冬天的挽歌
但一朵梅花擦亮了我的眼睛
地下暗流的声音撞击我的脉搏

2023. 4. 2

春 殇

我很庆幸，我还活着
我每天可以吃饭、工作
阳光透过季节
在我的血液里弹奏春天的歌
把我的感觉
引向花开的方向

所以，我尽力清洗内心的雪痕
让自己固执的思维
寻找一丝让我微笑的火苗
但我的心总是冷若冰霜
我没有任何理由说出对春天的爱

我常想，我前世是一只蝗虫
但又不同于蝗虫
蝗虫的生命里没有冬天
我的生命里没有春天
春天只有花朵
花朵不能解决肚子的灾荒

秋天的果实像一个个乳头
完全可以喂养我童年
我不得不承认

母亲生了我

而秋天养了我

我很想把伤痕随着冰雪融化

让痛苦在生命的年轮里迷失

但每一次的噩梦里

泪水如萧萧春雨

让伤痛的种子一次次萌发

我已经没有情绪面对春天

也没有底气抹掉过去

因为我的童年已经在春天里死亡

我还有什么词语赞美春天呢

2023. 4. 2

在巨野青龙山饭店

我们没有兴趣考证这里有没有龙
也不想探讨龙为什么是青色的
至于山的高度，远远超不过这座楼房

这是此处唯一的饭店
肠胃的牢骚让我们对这座楼房产生欲望
炊烟的引力，远远超过金山上的香火

厨师的手艺是舞女的裙摆
养肥的鸡、鸭在调料里成佛
被河水撑死的鱼，埋葬在泛白的汤汁里

新鲜的蔬菜是季节的叛逆者
有的是飞机或者动车上的乘客
他们都是襁褓里的宠儿，但我们毫不客气

水是瑶池里跌落的露珠
在山缝里脱胎还俗
嫁与西湖龙井，降生了一桌子的赞美

我们谈论着李白、杜甫以及王维、孟浩然的家事
让金山上的野牡丹初春就开花
我们在刘贺为秦王准备的山洞里翻看历史

翻遍南王庄房子上的每一片瓦
寻找那些朝代迷失的玉玺
但被羊山战疫的血迹掩埋了踪迹

我们都在迷惑一个问题
白虎何处去了，满山的石洞是否可以藏身
只留下一池碧水紧抓住它的名字不放

这些神秘让远道而来的客人留下念想
我们则借汪伦的笔墨给客人下请帖
这天池里的碧波正如同桃花潭水

2023. 3. 15

路灯下的飞蛾

飞蛾在灯光里写诗
追求的篆体在翅膀上排列
形成战国时期的口号
命可以不要，但思想不能错

来往的喇叭，惊扰冬青的修行
灌醉了绿化树的安静
飞尘，给灯光带上墨色眼镜
但这与飞蛾的听力无关

地摊上的矮凳擦干一茬又一茬的屁股
那些散装的啤酒说着不同的方言
影子叠加的舞蹈在水泥地上作画
但这与飞蛾的视力无关

店铺门口的绳子上系着的脸谱
如同来来往往的车标
货摊老板不停地用挑逗的语言导航
但这与飞蛾的知觉无关

飞蛾只顾咀嚼写好的情诗
时而起舞，时而静默

思维是冬天飘飞的雪花
它并没考虑灯光下隐匿的壁虎

2023. 4. 21

在青岛看海

那些鱼腥味在铁锚上集会
一群海鸥搅乱了秩序
船帆鼓起勇气
絮絮叨叨的述说风雨的故事

海面上年迈的照片
不停地扭曲日光和白云的面容
一块礁石，孤独成人的样子
演绎出让人流泪的传说

游人的出现和遗失
让海边的空气不断陌生
变幻的水墨画在时间里不断翻新
一个个好奇和一个个满足出出进进

渔夫用自己的身世抚弄日光
把众鸟的歌声揉进波浪
沿着黄沙的浪漫
阳伞下上演风花雪月的精彩

在岁月怀孕的歌谣里
涨满晨风的海潮
把贪玩的贝壳和鱼虾留作纪念

命运如何，等待一串脚印

啤酒的泡沫养肥了女人的姿色
在鱼道不破的话语中
搅乱洋人的心肝
女色和货物一同在这里漂洋过海

2023. 7. 9

夏夜的雨

乌云举起鞭子

狠狠地抽打夏天的皮肤

在树木的哭泣中

鸟儿的威风在雷声里消失

蝉鸣被白天的日光风干

此时成为电闪雷鸣的俘虏

盘踞在墙头上草

在断裂的时间里占卜命运

少一松手

就会离开养育它半生的故土

布谷鸟抓住一片叶子不放

计算着夜的大小和乌云的长短

布阵的蜘蛛不再算计别人的智商

躲在屋檐下

把快与慢相结合的雨点归类

窗子的玻璃上

创可贴的雨密密麻麻

分不清是帘还是幕

地上的水赛跑

看看谁先把河流喂饱

飞蛾已无法再用路灯喘气

悬挂在门口的招牌

演奏着不同的西洋乐

风用不同的方言哭泣
谁会安慰跌落在窗台上的那只孤鸟

2023. 7. 10

读张献忠沉银的故事

书页里繁殖的传说长成荆条
把人的思维编制成梦
句子垫高了的春天
标点符号盛开了各色各样的花朵

岷江的被子盖住了川腔的倒春寒
沉睡的银子鼾声雷动
盖碗茶的路上，文字撒成路标
风声在光阴的码头呼喊新鲜的名字

在冬天最弱小的雷声里
日子给春天开出药方
在一堆冰凉的砂锅里盛满姓氏
挖掘机告诉人们，这里有历史故事

明末的日记里刀枪折断
川字的脸谱无法变幻成太阳色
在蜀犬声中，雨过天晴
挂在书页里的繁体字逐渐简化

驯养的伤疤在铁皮船里泛起辣味
银子在微笑的岷江里喊着号子

水把撕裂的名字拼凑黏连

张献忠不知在川剧里扮演哪个角色

2023. 7. 12

在长江边

武昌鱼尾巴一摇
一首诗落入江水之中
风一再吟诵的波浪与天相接
在江水里诵读诗歌的动物
能剖开时间的腹部剔骨
让唐诗宋词和现代诗歌接吻

水越来越重，让水调歌头驼着脊背
脱掉锈迹的鱼在音乐里跳舞
水底吸进的云朵，呼唤着
放牧的牛和水鸟
把老式的词语解冻，成为风景

神女在清蒸的调味品里沉默
她的目光在长江的词典里闪烁
直到把水草烹熟
等待的期盼才能沉下千年的石头
惊叹今天江水如此的蓝

2023. 7. 15

蝉

夏天的烈酒

在空气里发酵

让狂躁的蝉鸣在太阳里开花

只有夜晚，一场革命

在寂静的星光里谋划成功

否则，就会断送在

故事的开端的或者中途

只有在日出之前

寄托生命的树枝上

偶尔发现那些新生命的前身

软弱的生活方式

等待着最初阳光的抚慰

只要它在晨风的梵语里读懂人生

就会将危险甩掉

而远走高飞

此时，它不再担忧生活的逼仄

颤抖的爪和心脏

可以在一鸣之间抛到九霄云外

大地的预言在人们的欲望之中

从潜伏在地下的胆怯

到完成一场革命而一飞冲天

才完全读懂了人间的滋味

和内在的复杂

细数人生的每一根神经

从头到尾

又何尝不是一只蝉的命运

2023. 7. 17

山顶松

它站在那个最高的峰顶
把最早的那一缕阳光
咀嚼成夕阳
它把那一片白云
积攒成一场雨
它等待，等待盘旋的鹰
有一次深情的拥抱
为了心里说不出的执着
把春风酝酿成雪片

它瞭望海的宽度
嘲笑海水撞死在礁石上
跳起的灵魂
仍不能触摸到它脚下的高傲
它击碎了嵌在石缝里的干涸
坚守铁铸的念想
拷问烈日的懦弱和冰雪的虚伪

如果说风是一把刀子
最多能拨开岁月的皮肤
看到的是藏在内心的坚强和无畏
让成行的雁鸣在叹息中坠落山谷

在断裂的时间里
把钢筋混凝土注入年轮
钢丝般的枝条悬挂着人间的目光
在一幅画上体现价值
那些创造的词语
镶嵌在诗词的标点符号中
留给后人
成为一本不老的神话

2023. 8. 11

窗外飘来一瓣桃花

一瓣桃花，轻轻地落在书桌上
它从半开的窗户挤进来
想嵌入我的诗歌
我欣喜，我分明看到整个春天的胴体
她正如一个少女头上的纱巾
正如一幅画上刻意描摹的乳房

面对这一瓣桃花
一种激情在我的眼前舞蹈
桃花和乳房的热吻覆盖在纱巾之下
在我的书页里蠢蠢欲动
那些文字抚琴，弹奏对春天的念想

于是，我想到了晋朝的源，唐朝的潭
和明朝的仙
一杯酒，温了还凉，凉了再温
用桃花作为下酒菜，热血沸腾
酒醉后，给双手上课，给意识加注释

我已随桃花飞翔
把思维捆绑在桃花的羽翼上
想入非非，曲线，头巾，乳房
在花瓣里酿成酒，聚成雾

我只想和李白一起暂放白鹿
忘却前世今生

我的诗歌烂醉如泥
它迷失在格律里繁衍生息
掀起春天的裙摆
挑拣错别字的出处
一种隐喻跌落在红尘之中

我深深地亲吻这瓣桃花
就如同亲吻了春天的面颊
我想喂养春天里的花蕾
尽管她是一种诱惑、一种恶作剧

2023. 8. 11

又见桃花开

桃花又开了
只有一朵或者两朵
不知为什么
今年的桃花开得晚一些

每年桃花开时
我都会独自来到这片桃园
寻找往年那朵桃花的影子
那是开在我心中最美的一朵

我知道，她已经飞逝
多少年了，她打坐在我记忆的枝头
如今也没有相同的一朵开放
我问春风，她去了哪里

那朵桃花超度在我的诗歌里
我站在比我更空虚的晨风前头
完全敞开紧闭的心扉
却丢失了唐朝崔护的纸扇

此时的这一朵桃花
在我清瘦的目光中寒战
我力不从心，欲呼无声

我怎么才能扯住春天的手问津过往

向阳的云朵，是留给谁的风骚
那么多的泪珠
要嵌入水做的骨朵中
我怎么能够破解这满树的谜语

让我倒满酒
用仅有的虚伪掩盖满腹的执着
喝醉了，双眼模糊
让我在红尘之中不再有恨

2023. 8. 12

我的诗歌在桃花的蕊中陶醉

我的泪水打湿了三月
桃花有意，用水状的色安慰我
我与桃花之间只隔一首诗

桃花的羽毛是金杯玉盏
装满季节酝酿的酒
让我想起长发、纱巾和情人

相约一夜春风
我用琴一般的声音吟诵相思
说服露珠和晨曦给我一轮明月

我捧着那杯酒
在朦胧的醉眼里信誓旦旦
偷偷轻吻了那一朵桃花

我的诗突然嵌入桃花的怀抱
像一滴雨潜伏在花蕊里
诗歌陶醉在一季繁华之中

2023. 8. 12

桃花开放的季节

一场雨，在我的筋脉里泛滥
记忆的蝴蝶在这个季节羽翼丰满
让我视野里的桃花疯狂

我凝望青瓷做成的枝条
桃花的微笑在风里浪漫成酒
我不假思索，一饮而尽

我躺在阳光外等待一杯水
清纯，它来自桃花一冬积攒的乳液
里面飘着写满爱的词语

我开始怀疑自己的前世今生
我努力地解读我与春天之间的渊源
或许，桃花是我镶嵌在骨头里的一段情

我把那一缕春风炼制成偏方
让我今生的抗体充满每一个毛孔
让我心田里生长的罂粟早些枯萎

但我喂养在日记里的大脑是一种顽疾
我自己导演的剧情悲喜交加
像一条小溪，流失着一个个黑夜和白昼

我的意识断定
桃花是我前世散落民间的情人
如今孵化成影子，阴魂不散

我很想误入一场酣畅的梦
让思维成为天山上千年的冰雪
梦里，只有桃花静静的开放

2023. 8. 12

家乡的湿地公园

从工笔和写意之间寻找答案
定格在水鸟的羽毛上
从绿和蓝之间寻找答案
定格在草和树木的枝叶上

我不想把华丽的词撒在一片水里
因为，它不能养活一群鱼
天鹅脖子上那抹白是最好的说辞
它用桃花的姿态入驻词典

在烟雨中写出一首情诗
跌落在水里的鸟名是其中的标点
有的贴着洋文的标签
我们叫不出它们的名字

带露的朝霞和淋透的暮色
交接不同季节的唱腔
那些水鸟孵化出来的汉字
让操着不同方言的人们满载而归

2023. 8. 12

农家院里有棵老槐树

无数个感叹，在每一根枝条上打坐
叶子们写意的肥硕，遮蔽了阳光的清瘦
不同方言的眼神，望着已经春天的面孔
不由自主，给年轮写下一首情诗
皲裂的皮眯起眼睛，盘算着谁的书页里开出婴儿的花朵
最隐蔽的地方，留在笔尖上荡秋千

我用古老的古作为诗词的问号和感叹号，来拷问
有多少个黎明和黄昏做了最简单的肥料
喂饱了一茬又一茬的蚂蚁和一代又一代的麻雀
枝叶们自编的歌谣，首饰般走在风的地毯上
牵着太阳的手奔向月亮敞开的大门，在它的臆想中
创造出一部史书的假设和推理

我用古老的老作为诗词的顿号和省略号，来隐藏
树上熟透后掉落的繁体字，它们无法从现代的字典里找
到解释
嵌在树皮里的虫子的木乃伊，用之乎者也的口味
给我们讲解某个朝代酒的烈性
但我想询问，在四季更替的渡船上，它更换了多少次
牙齿
听说，老人的老人都曾翻看过年轮里的部分页码

在春天的发丝间，它繁衍了所有的象征，让所有的形容

词迎风招展

　　并且凋零在秋天的名词身上，写进骨骼
　　用神秘修饰枝条的走向，让它和云朵的情思应运而生
　　即使在雪花飞舞的寒冬，老根的盘桓一直都会向着大海
的呼声
　　在春天的厅堂里，柔弱的枝叶慢慢地唱着秋色
　　以至于，把时光器皿里的酒喝干

　　一个鸟窝，牢固地坐在春天的暖意中
　　它山岭般的稳和母亲般的柔，弥漫天空
　　让文人们能够在绿荫的呵护下感知阳光的小
　　把每一条叶脉描述成无法扯断的思维
　　把地下的暗流归为己有，打包成邮件，寄往大海
　　让可以温存的手掌，摘下树枝上的微笑
　　然后存放在每一个人的诗词歌赋里

　　让它的年岁尽情地舒展，一把掌握节气的伞撑开了四季
　　让春天的活力在枝叶上纵情泛滥
　　一场盛大的历史剧，继续排练着故事的发展和结局
　　小院地面上的普通，被人们的脚踏出了稀奇
　　破瓦房上的平凡，被人们的眼睛洗刷出卓越
　　那些散落在名声中的传说依旧在百姓的炊烟里蒸煮
　　日子长在小院的书里，作为诗歌里纪念性的插图
　　让后来人继续翻阅，继续做梦

2023. 8. 19

我是一个过客

我守望这片桃林

在季节里，用候鸟的羽

装点风的翅膀

我一如晨露

含情的泪，随着风

点点飘落

阳光如你的手

曾经在我的脸颊上

轻轻地写下无数的温柔

我对着东风祈祷

今年，请用微笑浇灌我的心田

我心如花蕊

寂寞成一滴雨

等待蜜蜂吻成一杯酒

三月不醉，绿叶向晚

我被燕子嘲笑

你如风里的寒

吹进我敞开的窗扉

我喝一口崔护的残酒

人面，何处

是的，我只是一个过客

2023. 10. 11

那些海鸥

海鸥喂养了海水
把沙滩书写成风景
那遥远的椰林牵挂着海水的味道
在摇曳的月影里
望断航船前方的驿站

海鸥叼起岩石的眼泪
把深情的眸子洒在四季的风里
撕破流浪歌手的片片乡愁
如妈妈的翅膀一般
在遥远的山岭上拍打出儿时的歌谣

那些海鸥用慈祥
在黑夜的灯光里呼唤星星
照亮了，被浪花吻咸的海岸
礁石沉默成父亲的脸，挣脱风的纠缠
在海鸥眼睛里，仍然是
水的渺茫、夜的虚幻

2023. 10. 13

又见菊花开

多情的阳光
把金子镀在肥硕的菊花上
那一瓣日积月累的欲望
经过春风夏雨的驯化
在舔食秋风的枝头上芬芳

霜，是一个接生的襁褓
孤寂的旷野漫过秋的钟声
让所有春天的宠儿相继缴械
只有菊花粉墨登场，继续着春天的故事

菊花似乎成了阳光的独生子
爱抚多一点
就会让菊花产生撒娇的念头
甚至把艳态妩媚成浪漫

在霜和露的呼唤声里
她独自羽化成蝶，用黄金的翅膀
去怀念年轻的山水和树木
去装点路边、篱下的孤独

但她并未张扬，而是沉默出一种高雅
在大雅之堂里成为一种情趣
她采摘完秋天的最后一枚阳光
在文人墨客的诗歌里永久开放

2023. 10. 14

垂　钓

湖水平静
我把心挂在吊钩上
用撒谎的丝线
和鱼儿谋划晚餐的酒肴

一湖风景装着秋的洒脱
雁的影子穿透水面
我牵着虚伪的长线，思考
是垂钓旭日，还是垂钓夕阳

芦花是秋天的符号
飘落发间，写下关于年龄的方程
我可以破解鱼咬钩的密码
但我却钓不起一片雪花

鱼和酒，诗歌和人生
春花和秋霜
在这平静而深沉的水面
找不到红尘中所寻觅的答案

2023. 10. 17

我的心愿

我把心愿
系在那朵桃花之上
我的前世今生便是春露
忠于一束蕊的芬芳

让我的眼睛，吃饱三月
桃花，风姿绰约
而我，一夜无眠

假如一夜风雨
那便是我的过错
我的眼泪无力
筑不起你欲望的天堂

终于，这一地落红
是我永久的悲伤

2023. 10. 17

执 着

我知道你真的爱我
就像一树桃花
让一季芬芳在我的梦里结果

你固守一个念想
如一枚衣扣陪伴着我的白天和黑夜
日子是一滴悬浮的雨
哪怕是一个小小的跌落
就会击碎你精心设计的梦境

哭过，笑过，也醉过
但更多的是
你在心田种下了千万株红豆
采撷的日子那么漫长，甚至遥遥无期
可你，仍然耐心守望
冷暖自知

你就像一只蚂蚁
在年轮里迷失方向
你做的茧，明明不会羽化成蝶
可你，却抓住一抹夕阳不放

2023. 10. 18

奔　跑

你奔跑的速度
超过冬天到秋天的转变
超过动车赶到下一站的急切

你放飞一个陀螺
在与时间的纠缠中
不耽误一场鱼的汛期
不耽误一季桃花的故事
不耽误菊花送别归雁的征程

可你是一滴雨
是一颗草籽
在这个雪花飞舞的季节里
你如何才能在天黑之前
走出冰封大地的包围

前路坎坷，石头，荆棘，冰雪
何时才能触摸到春天的风
奔跑，再奔跑，不停地奔跑
你在路口失眠
无法占卜未来还有多远

一座城市如海市蜃楼

路边的罂粟和玫瑰混合而生

尽管头上乌云如山

雷霆似箭

你，从未放慢脚步

2023. 10. 18

秋风，吹进我的怀

秋霜如尘，涂抹我的鬓发
秋风似刀，割破我的额头
我凝望遥远的那一片云
仿佛结冰的梦境在天际飘摇

我与一枚菊花同醉
把明月斜插在故乡的柳树枝头
流浪歌手弦音低沉而凄凉
像流星拖着的甩不掉的忧伤

萧萧落木，冲刷着似水年华
长空雁叫，呼唤着我柔弱的乳名
秋风里，失眠的记忆
在一滴泪水里酝酿成烈酒

谁能与我同饮一壶悲痛
让秋风不再撕开结痂的伤口
谁能把一地寒霜变成一张烙饼
慰藉装满委屈的肠胃

秋风吹不醒倦客早已冻僵的心
犹如皮鞭的冷，抽打残酷的亲情
拷问

我是什么藤上结出来的果

我还能责备什么
这秋风已经气力将尽
过去破解不了的人生年轮里的秘密
只能任凭时间的手术证明

2023. 11. 29

我是秋夜里的一只蝶

我越来越觉得，夜的寂静不可信
它在我疲惫的翅膀上缀满露珠
我还觉得，这温柔的月光也不可信
它在我瑟缩的躯体上化作冷霜

我的眼睛，一如婴儿纯净
望着那些被残酷地击落的树叶
在风里无助的飘散
仿佛听到呻吟刺破寂静的夜幕

我依附于一棵树的呵护
默默地计算着大雁规程的长度
在飘满疑问的长夜里
梦见鸟翅飞过了一季花开的芬芳

霜露沉重，如现实人生
无畏的挣扎只能在意念里徒劳
我与远方的街灯相望而泣
秋夜，还是如此的沉默

2023. 11. 30

我体面地活

如今我体面地活着
尽管秋风飘过我的双目
霜雪消融，从我睫毛上滑落
我的脚下积水成河

一声雁鸣，唤醒菊花万朵
残缺的唐诗里，寻不到灌醉人生的烈酒
无边的萧萧落木
已经唱完长河落日的挽歌

我曾经在一枚花骨朵里冻僵
像一只水鸟，在枯萎的眼神里寂寞
如果不是拼着最后的力气衔来陨落的花瓣
谁能知道我曾经来过世间

无奈的春风，坐化成硕果
酒杯里泛起沉睡的心脏
温柔的时间麻醉了曾经的疼痛
我捂住结痂的伤口，体面地活着

2023. 11. 30

冬天的一枚莲

它躺在漆黑的淤泥里
静听光阴层层剥落的声音
它无力和日子抗衡
它知道，季节的大门如此紧闭

此时，它只有选择沉睡
而沉睡并非死亡
它等待雪花精疲力尽的时刻
等待寒冰骨骼失钙，体无完肤

它又梦到鱼儿亲吻花瓣的温柔
梦到夏夜里蛙鸣的美妙
梦到蝉声惊醒了午睡的蜻蜓
梦到小船擦肩而过击起的微波

一群野鸭惊醒了它的梦
它听到野鸭们的哀鸣里充满了饥饿
它很想撑起往日的阳伞
让它们在甜言蜜语里尽情暧昧

它不再甘心囚禁于地下的苦恼
它奋力挣扎，挣脱冬的束缚

它坚信，它不会在黑暗里死去

因为，它闻到了梅花的芳香

2023. 12. 1

让我怎么再说爱你

一枚桃花陨落在晚风中
惊醒崔护的梦
我看到那把被岁月剥蚀的纸扇
一再询问：人面，在何处

现在，我所拥有的
只有春风十里
吹宽衣带，吹细骨骼
吹落一地鸟鸣

我仰望苍天
悲怆的目光斜插云间
独怆然而涕下
谁能读懂我一腔沉重的心事

你已经化作青果
隐匿于秋风明月之中
我只好遥望远去的雁群
独吟沉默的菊花熏染霜秋

我与秋风相拥而泣
拿着可怜的皮囊包裹着四季

在这万木萧萧凋零的时刻

让我怎么再说爱你

2023. 12. 1

我的眼泪为谁流

你已经化作秋风
在这万木凋零的季节
催生了我的眼泪
我朦胧着浮云飘荡
雁阵南归
怎么还能回忆桃花开放的温馨

风烟滚滚
我用雕塑般的眼神
审视这嚣嚣红尘
只叹，流水经过发际
岁月被洗劫一空

飞鸟衔走了你的灵魂
你的巢属于远方
那一地掉落的花瓣
早已零落成泥碾作尘
我只好在秋风里惊梦露霜

海内何为知己
那轮明月早已锈死天涯
那些蜜蜂和蝴蝶

也已折翅在秋风秋雨之中
还拿什么祭奠无法挽回的曾经

我紧抱一棵小草倔强挺立
在秋风里哭泣成暗流
抓起一把秋风
把一颗心彻底冻僵
我知道，尽管抖落一地冰屑
也不能生出明天的芳草萋萋

2023. 12. 1

再忆屈原

有这么一条河
它沉下一个冤魂
却浮出一部千古绝唱

千万株菖蒲直刺苍天
高高举起拴在石头上的信仰
骨骼坚硬
鱼群难以穿透

阳光虚弱
照不透深厚的水面
隔绝了霓虹眩晕的古城

你抛妻离子
绝望地睡去
水草缠绕，你托体于淤泥

一声离骚吟破滚滚红尘
你为什么不挽住荆轲的手
拿着头颅蹚过寒冷的易水

一股炊烟化为图腾

芦叶裹着的糯米装满寄托
你却迷失在战国的历史扉页里
怎堪萧萧马鸣践踏旧梦

你就这么睡去
傲骨依然，大厦复新
风云早已散去
你只管把菖蒲和艾草种植

2023. 12. 2

我想触摸一朵玫瑰

我想触摸一朵玫瑰
尖锐的刺警告我什么叫狂
但我化作一夜春露
只为催开一季繁华

花蕾一万次的悲伤
等待割裂日子的那一刻
血液熏染阳光
让你细数伤痛与美丽的轮回

请不要再呼唤我的名字
让我沉醉于温馨的月夜
我想忘记曾经，趁着夜色赶路
在一场盛大的花期之前找到出口

一如蜜蜂和蝴蝶归于迷途
我处在迷茫之中
我很想斜卧在蜂蝶的翅膀之上
和春风大醉一场

于是，我时刻仰望你的风景
痴痴打磨一个又一个日子

只为等待

你甘心情愿的含笑绽放

2023. 12. 3

秋风吻过我的诗歌

秋风吻过我的诗歌
片片落叶淹没了唐宋
一些文字罗列成山峰和森林
它们都缀满了平仄

我拿出仅存的底气在风中吟诵
烈酒在我腹中波涛汹涌
我用泪水洒满星空
挽留一枚菊花能在凌晨开放

带霜的文字在血管里漂流
笔尖上缀满夜鸟的凄凉
我把韵律调整成月光
或许能穿透李白的窗棂和老杜的茅屋

归雁南飞，带走思绪几两
我把诗歌酿成菊花，入酒浸泡
韵律沉醉，迷失在秋风之中
何必还去对影三人

不要擦掉我眼角的泪花
它会在深夜里静静的凝结成霜

秋风吹过，就会

掉落遍地狼藉的诗歌

2023. 12. 3

我的童年都是秋天

童年时候的眼里都是秋天
因为，春光度不过那一条鸿沟
霜雪如云，湮没了童贞
僵硬的血管是一条结冰的河流

灵魂瘦过黄花
骨骼倔强成一棵竹子
肚子里的饥荒漫延到四肢
还有什么理由欣赏鸟语花香

春风温柔，容不下一次怜悯
鲜花美丽，结不出一个馒头
那就让桃花陨落
让梨花在春风里飘扬为雪

秋天是我的养母
洁白的霜里蕴涵着食物
虚掩的生命化作长江里的鱼
浑身穿着卖炭翁的衣服

我怀疑我的前世是一只蝗虫
但绝对不同于蝗虫

蝗虫没有冬季
而我缺少春季

一脚沦陷在异域他乡
一脚在滚滚红尘里啄食秋风
清冷的客栈，没有李白的月光
唯有凄风拂过孤独的灵魂

2023. 12. 3

面对如此桃花

还是那年的今日
还是那日的此时
一树桃花如期开放
面对如少女笑靥的桃花
开满古诗词的芬芳
我低头无语

一滴夕阳红遍桃林
熏染这一个个汉字积累的空虚
人面何处
在春风中吟诵诗歌的我
把所有的问号抛洒在风里

芳香依旧，化为石头积压心中
桃花如血，在风中颤抖
像一柄生锈的锤子，每一次举起
就敲击一下唐诗裹着的皮囊

我已经不敢回忆什么
回忆一次
春风中就多生出一根针
就会把整个桃林刺的生疼

夕阳的碎片掉进淡淡的云烟
斑驳的桃花扑朔迷离
我深深地感到
我的心同样沾着少许的血

2023. 12. 8

面对如此春天

春天坐在城墙上
开一坛老酒在风里飘散
灌醉汉语拼音中那张娇贵的脸
鸟鸣无序，蜜蜂有意

那些火焰般的花朵
炙烤我的幻想
意象的河流，带不走一首诗歌
它像一只野兔，咬定春天不放

柳条抽打着奔跑的风
跌落一地的尖叫成为我的诗歌
我走进唐诗宋词
用一杯酒陪伴古人酩酊大醉

可年轻人不喜欢老掉牙的歌谣
我们理解不了他们的一个手势或者一个甩头
我们把春天当书籍里的诗歌
而他们把春天当网络里的术语

2023. 12. 9

初 春

残雪一步步败向山顶
春风打扫战场
胜利的旗帜飘扬在柳树枝头

喝一杯西风烈酒
为残冬送行，为春的剑客接风
我用一首诗歌作为菜肴

采一缕朝阳挂满杏的粉色
披满桃红
给新做的鸟巢铺满温暖

我不在留恋大雁的踪影
只想找到他们遗留下来的情书
问一问，谁是我的情人

2023. 12. 9

如此秋天

黄叶向树枝说拜拜
树上的鸟鸣在风中枯萎
整齐的寒快马加鞭
它要赶在一场雪的前头斩断秋的尾巴

雁的胆怯，是落地的浆果
逃跑的方式被云层识破
边模仿落叶的伤感
边模仿古人诗歌的凄凉

一滴露珠瞄准一朵菊花的香
它要试探出有没有隐藏着虚情假意
春天过去
有谁敢把任性在秋风里晾晒

菊花复制出千万个想法
在路边篱下慰藉苍天
一颗心赤裸地跪拜霜天秋风
在欲望的前面，刺痛唐诗宋词

单调的颜色是魔术家的偷笑
变幻出来的都是喜悦

只有在这个时候，我们才知道

它填充了秋天的一些空白

2023. 12. 10

夜 雪

我把词语串成项链
让平仄在唐风里酝酿成酒
把修辞装进你的口袋，送你
你是我今冬第一个情人

你起舞在梦的始末，静
如银蝶潜入我春心荡漾的花园
银屑撞击的声音归拢于树枝
沉睡的鸟巢继续着折不断的梦呓

我推门而出，染一头白发
学李白，把两袖的风月散尽
尽管岑参的梨花盛开
但没有武判官冻不翻的旗帜

竹影婆娑，银纱朦胧如烟
唐宋的名词摇摇欲坠
但没有半点寒意，我怀疑
这是冬雪，还是春花

2023. 12. 11

211

参观新村有感

模拟城市的楼房
对庄稼的情感不会减少
从城市复制过来的柏油路
也不会降低土地的身份

过去的风吹走了一茬黄叶
现实写满了想象不到的童话
人们清洗了生锈的欲望
把目光系在一只鹰的翅膀上

墙壁，是谢了又开的花朵
莲蓬结到房顶
游鱼在树叶间穿梭
时间在这里，只是一个计算的符号

树上的果实，是街道的标签
夏天的树荫已无用处
像儿时记忆里爷爷编制的草帽
现在只是一种浪漫的装饰

水泥的街道是一件外衣
像一条绷带的强势

紧紧裹住一条路的倔强
让古老的土地窒息而死

新式农民以机器为依据
听老人讲耕牛的传说
在规划图上已经找不到这些坐标
只有成熟或者发芽的颜色

城市的霓虹灯传染给小村街道
乡村的变节，快过一场春风
他们给庄稼重新命名
用科技的名词改变庄稼的生活方式

此时，我站在一棵高大的古树旁
遮天蔽日的树冠记录着村子的历史
这或许是
先人们回来时唯一记得的标志

2023. 12. 11

偶回故乡有感

越来越少的耕地，约束不了农民的想法
地块的大小，也衡量不了秋后的收成
那些小麦、玉米赶超时代的速度
用科技的名词突破不曾预料的红线

它们已经不再安分守己
不然，那些蔬菜、果树、药材
就会毫不客气地取代它们的位置
让它们降低身份

鸡鸭的叫声是一串风铃
稍微摇动，就会落下遍地的喜悦
曾经主宰农民命运的玉米大豆
早已被新的欲望推下舞台

街道用沥青和水泥说话
不同的果树是街道的标签
沿街的墙体不仅会讲历史故事
还会告诉你明天要刮的新风

唯有那些田埂，如绷紧的敏感的神经
他们守住那些姓氏不变的地块

从不说得罪人的狂话
让水和肥料循规蹈矩，安守本分

村里的广场是一部剧本
有的跳，有的唱，把生活演变花样
并且炼制成药方
治疗孤独和寂寞的日子

村子里的人越来越少了
成年人都成了外出觅食的麻雀
留守老巢的隔代活宝们制造的动静
能治疗身在远方的心病

那口老井不知照过几代人的脸
如今已成为 部史书
年轻人叫不出它的乳名
但打开扉页，就会看到曾经的叹息

2023. 12. 13

新式农民

这些农民们一挥手
大地就羽翼丰满
众多的植物
按照他们的意识生出翅膀
一弯腰
禾苗就会载着他们的梦飞翔

他们已经把锄头和犁耙请去聚会
那是留给后代的谜语
现在，他们赋予钢铁智慧
用柴油喘气
用遥控器在图纸上操控自然

庄稼的长势很听话
无需双手再品尝农药、化肥、除草剂的味道
无人机和机器人可以不睡觉
连续阅读说明书和配方的水平高于人类
不会因为光线的强弱读错一个字

倒是农民们，安慰庄稼的动作逐渐陌生
甚至支配锄头的方式都会感冒
难怪他们几乎忘本

只剩下分辨模样尚未明显变化的禾苗

过去的那些动作，如今只是个名词
谷物的羽毛却越来越丰满
已经飞到超市的橱窗
窒息成瓶装、罐装、塑封

2023. 12. 14

乡村民居

民居偷学城市的语言
拔高的骨节超过树上的鸟鸣
蝉声刺耳，被玻璃隔在童话书里
地板的磁性吸附人影
墙壁的颜色复述白雪公主的故事
电器追逐时代的潮流
有的说普通话，有的讲外语
拼凑起来的门、窗、厨、灶
让人想起电影里唐僧的袈裟
各种预制材料的移民
在科技的调教下
团结一致，天衣无缝

这些人，把生活调制成可乐
满桌子的诗意变换着长短句
传说中散步的人，被羡慕灌醉
谁还理睬蟠桃园里何时开花啊

芭蕉扇作为一种传说
如今挂在墙上，成为原生态的艺术
讲着历史故事欣赏眼前的悠闲
左右为难，哭也不是，笑也不是

它们都知道

目前的游戏中

炎凉已经和它们没有任何关系

2023. 12. 15

家乡的生活超市

琳琅满目的货物在货架上打坐
它们错落有致的默诵预先设置的梵语
听到购物者的脚步
就如同睡醒的麻雀嗅到地上的谷粒

柜台旁的香烟搜寻着熬夜的人
它知道烟民们的心事
饭可以少吃一顿
不吸烟，那就是要他们的命
一缕缕烟雾挑战着他们的心理
他们一边抗议着禁烟
一边抱怨着物价的疯长

一群群的孩子
让五颜六色的包装钓出口水
不知不觉间，把时间装进书包
饮料瓶和包装盒的舞蹈
惊醒值日生的惰性和唠叨

等待做饭的女人
把蔬菜的产地写进日记
用生产日期做句子的标点

那些标明绿色的黄瓜，顶着打卷的花
像一个刺眼的问号

水果的光泽和灯光聊天
不同的方言迷惑着顾客的思维
无可奈何，在酸甜苦辣的字母上标注声调
摸着腰包，判断是否可以给眼睛下定义

被塑料窒息起来的水已经不记得河流
它们在货架的中央适应环境
把透明的景观置于季节的始末
把时尚标注成电视剧的台词
我听到
扫二维码的手机正播放着流行歌曲

2023. 12. 15

古玩市场

地上摆满各个朝代的方言和典故
连空气里都写满象形文字
斑斑锈迹如木乃伊手上的老茧
掉下一点渣
就是在主人身上割一块肉

顾客是大大小小的鱼
看着发霉的饵
计算着被光阴腐蚀的程度
衡量着在现实中能刺疼多少心脏
然后探测虚伪里藏着多少谎言

语言一旦和蜜蜂扯在一起
就会灌醉树叶上的风
他们总有一种方式
用软刀子撬开许多人的口
让那些被麻醉的鱼心满意足地上钩

观看风景的人永远超过拾荒者
那些嫌事小的嘴
在真与假的风里添油加醋
给那些本来摇摆不定的草

灌下放了定心丸的酒

阳伞和绿化树偷笑
他们用一条街的形状作秀
招惹一个又一个的口袋
被钓出的鱼暧昧的思考自己的抉择
一边发抖，一边嘚瑟

这条街日复一日地上演着同一部连续剧
多数是喜剧
悲剧也许有，但不至于伤心
如同街边开满花的灌木
即使刮风下雨，也不影响生长

2023. 12. 18

杰 作

地名不会改变
但地图可以改变
新闻的播报，清晰激情
有时从面具里发出

身份证不会改变
但生活的数据时刻改变
重复染病的地图呻吟不断
人们过高地估计一场雨的能力

时常抽搐的雕塑
有失作家的本意
身上的伤痕，并不是雨雪的恶作剧
四季的风也无心调侃一块石头

拴狗的绳索，在高贵的手里唱歌
嗫嚅的呼唤声让风发怵
狗下蹲的姿势优雅到刺眼
它在小城的地图上开辟了一块新大陆

隔着口罩的空气不停地变幻名词
脚的可信度一再降低

大家都知道，一不小心
就会被优雅的杰作刺伤灵魂

2024. 1. 6

冬夜晚归

行走的风用口哨告诉人们
这不是春天，也不是夏天
不要给自己过不去
只需一个快动作
就会让你丧失平常的矜持

夜归的人，并不比猴子优越
树枝一摇，就拉近了同伴的距离
星星眨一下眼
他们就丢失一部分浪漫
像是在寒巢里念经的乌鸦
把标志时髦的衣服裹得一紧再紧

他们不再用与时令抗衡表达人生
藏在衣服里的虚伪淋漓尽致
他们望着那些不听季节支配的窗口
后悔自己不识时务的幼稚
恨不得把回家的路途压缩得更短

巢里的乌鸦两声叹息
一声是同情，一声是痛恨
它知道，这些夜归的人

把自己的愿望挂得比星星还高
而大地像是一个窃贼

调皮的现实总施展不同的花招
就像一种病菌
在人们的汗毛眼里滋生失望
谁能豢养许多多的嘚瑟
但我们必须学会在四季里翻滚

2024. 1. 10

甘棠路

汽车载着时光驶过
行人捧着线装的历史品味
善男信女把诚意逼进皲裂的树皮
默默地掏出一颗心，让风吹干

一枚问号被机器碾压开来
标注成一首诗的斑马线
长长的等号两端合并
把一条定律定在人的眼睛里

与甘棠树为伍的学校
用读书声美化隐藏在树叶里的迷
一条路的宽度
成为长辫子和时装的时光隧道

楼盘永远高不过人的眼睛
计算器在罐子汤里计算对手
年迈的记忆想不出一个方程的解
它的故事或许被先人们带走

收集叶子上滴下的露珠
开辟一条通向地下的河流

落下的叶子沾满明清和民国的特征
爬过树的孩子早已返祖成猴子

如今它是一条路的标签
更是一些后人占卜的卦筒
我们只管走路
那些文人墨客却伤尽了脑筋

2024. 1. 9

金山脚下看樱花

山下散养的风，打着旋
呼唤野花的名字
野生的鸟鸣说不出芳香的乳名
从山顶滑落下来的经文
给引进来的日语施肥

各色各样的花瓣
给山下的平地填充空白
用一个"谷"字给红土做标签
像缥缈的梵音
是春天的寄托，只能用颜色作秀
空气里掺和的钟声缠绵
给这些花剃度前程

游客用手机放生自己
用花的香味戏说容颜，色彩不退
脚下的红土仍然只有通俗
它并不随方言的变化更换姓氏
它只孵化人们的满足
不制造任何消极和失望

蜜蜂的义工给诗歌加注释

蚂蚁驮着母亲的童话给树木浇水
不知道能不能招来蛇精化成的美女
但谁也没有这个眼福
只有这些外来的花酿出的酒
让我的诗歌酩酊大醉

2024. 1. 13

2024 年的第一场雪

它的灵魂里写满水的性别
用满地的清纯
拷问空气中飘浮的节气
试图怂恿炫耀在地表的冷

沉睡的树木没有辩解的能力
无可奈何
一夜之间，愁满心头，又上鬓头
人的眼睛早已被欺骗
有时看不穿掩饰后的谎言

汽车轮子学着手术刀的姿势
想用解剖的方式给事物下定义
刀痕里装满被汗水浸泡的谨慎
司机给自己的技术加问号
努力逃避和任何事物的亲近

孩子们的手，用红给情趣镀色
稚气的脸掩饰不住季节的特征
他们要在太阳出来之前
让雪模仿人的姿势，开口说话

行人在雪制的屏幕上调整步伐
恐惧症在脚下演绎传说
两旁的栏杆和公交车商谈怯懦
说不清下一个，是谁
在这一色的地毯上上演悲剧

刷新的地图给农人问好
把2024年的第一个礼物炫耀给来年
虽然这白隐藏了生锈的姓氏
但把一枚枚硬币擦得铮亮

2024. 1. 16

蚩尤雕像

你进化成石头，石头就成了你
一把刀的挑剔
你必将饮食人间烟火

那些政客，骚人，艺术家琢磨故事的细节
脚下的青草挂满远古时代的露珠
挖地三尺，问津青铜的锈迹

裸露的臂膀，留下飞鸟的粪便
当年的云烟已读懂乾坤
谁还记得胯下的那头怪兽

不要再盘问落下的是春雨
还是冬雪
你远视的目光里，装的是四季

2024. 1. 29

隔壁，一树杏花

对于春天，我并没有过多的奢望
和过高的祈求
风中漂浮的梵语，枝头流淌的诱惑
和那些萦绕的鸟鸣
在我敞开的衣襟里，如一杯老酒
等待，在万物的肌肤下发酵

一只燕子的掠过，一根柳丝的轻抚
在我的心海里荡起微波
这一刻，细小的灵犀撞击心扉
还有什么比真挚的爱更惹人回忆
可我，总想着隔壁的一树杏花
开放美，飘落亦美
似乎它是为美而来，又为美而去

我把心情偷偷盛满酒杯
抿一口，在我的诗歌里流动
我不是一缕阳光
而我做了一滴春露
一触即碎。伤了春光，伤了花蕊

2024. 2. 1

春晨的阳光是温柔的

我觉得
春晨的阳光是温柔的
露珠，花香，鸟鸣也是温柔的
因为这些东西
扇我耳光，抽我鞭子
并不是疼痛，而是一种愉悦

母亲把发髻梳理成炊烟
老咸菜在父亲的汗渍里喝酒
我的乳名，被母亲从晨风里召回
可我，钟情于菜花上那只蝴蝶
因为蝴蝶也是温柔的

于是，我想象
远处的山丘，草原，河流
那些饱满的，虚幻的，奔跑的，静止的
它们是否用温柔回报给蓝天白云
我想应该是吧
不然，为什么看起来
它们总是那么虚幻和缥缈

我多想把春晨的阳光喂养起来
送给花香，送给鸟鸣

还有山川，河流，草原和蓝天
难过的时候用它洗澡
我给它讲秋天和冬天的故事

2024. 12. 2

清　明

谈恋爱的燕子测量房檐的宽度
朦胧烟雨给房顶上的青瓦添加眼泪
被雪喂饱的池塘学会了骄傲
柳丝瘙出的痒让睡醒的鱼动情

蜜蜂的复眼，寻觅不到尖角的小荷
桃花熏染的柴扉隐藏不住鸟鸣的放荡
磨光的拐杖有节奏的呼唤蛰伏的虫子
满满的一季芳心萌动在湿透的菜畦

春的元素同化了所有冬天的矜持
浮云一挥，山山水水色彩浓郁
小草为野径画龙点睛
而故去的老人在草下隐姓埋名

一顶斗笠隔开一首绝句
牧童悠扬的笛音醉倒在杏花村的酒桌
断魂的雨已经适应了今世的燕鸣
我的诗歌早已飞出唐朝的鸟笼

2024. 2. 16

雾

背后隐藏的东西不是你用肉眼能估量的
譬如远山，树木，楼房和行人
这些固定的或者移动的，具体的或者抽象的东西
必须沿着思维的路径去演绎一种情节的过程

我回忆起古代的惑术，可以让人的思维转移方位
在大脑清晰的情况下幻化出远山，楼房和行人
至于写出诗歌便是很久以后的事情
但现在，我感觉身在一种非常憋屈的梦境

我们已经被一个老中医把脉
前途和宿命在他的一念中确定未来
好像这并非一剂中药
无法治好惑术施加给我们的心病和眼疾

我们想极力洞察一切的真相
让风和阳光给我们助力，扭转我们的错误
但是，无济于事的想象只能是一种浪费
鸟鸣有时出现，但并不能代表方向

不妨我们也学古人悬丝把脉
用想象的丝线拴住一个个假想的事物

和一张张熟悉的脸，一个个具体的名字

把他们全部从虚幻中扯出来

2024. 2. 17

观看落叶

在秋风里渐渐陨落的
是季节写给天地之间的遗书
天道是不能改变的，更不能删减
万物皆有因果，人性也是
我一万次祈祷，为你换取春光

时间的风铃打乱尘世的宁静
在繁花和落叶之间布下诸多谜语
灵魂的主题会腐朽，精神的承重会颓废
如花的容颜在雨水里慢慢褪色
我只想在茫茫尘世的记忆里把你唤醒

爱也不是，不爱也不是
我在季节的路口徘徊
或是愉悦，或是痛苦，或是迷惘
那就温一壶烈酒吧
在半醒半醉的人世间维系永恒

2024. 2. 19

如此之夜

寂静的夜，声音是鸟巢里的喘息
星星不说话，辨别着黑暗里隐藏的东西
一切透明的事物往往戴着面具
凡是闪着光的，都是诱惑人的假象
谎言无需修改
在没有月光的时候更能软化人的思想

就设置一个美丽的梦境吧
你误入一个人间仙境
花香鸟语，仙女起舞，一切任你所需
我敢说，其中绝没有父母，爱人和孩子

夜终有结局，梦总会醒来
那些带着轻微伤的余音腐蚀了你的思维
就像桃花，杏花，梨花盛开的时候
一夜风雨，花魂遍地
谁是季节的主宰者，可否为它们写一篇悼词

在这样的夜里，最好的方法是安静的睡
就像安静地死去，没有梦，也没有伤感
睡不着也不要紧
你可以用温柔的目光擦拭星星
轻轻地告诉它：你已经老年痴呆

2024. 2. 19

一杯忘情水

当日子拽着我的灵魂找到出口
转过身去，似曾相识
老柳树黄叶飘飞
夕阳正慢慢吞噬远山、近水、村庄

忽然，我看到破旧的柴门
我看到老柳树的疼痛
那一群鸽子迷失在天边的云层
崎岖的小路向远方老去

我听到了夜的声音
在遥远的地方点燃一堆篝火
爱情是春天和秋天的对白
我义无反顾，做了一只飞蛾

某些姓氏，在路上走失
某些花朵在夜深人静时种植眼泪
徘徊是扯不断的痛苦和忧愁
那就端起一杯忘情水，一饮而尽

2024. 2. 23

看到向日葵

一群鸟儿衔来的早晨
你用眼神测量光线的浓度
你望着天空的蓝寻找猎物的方位
大海上，跃起最原始的诱惑

你扭过头去，只一个眼神
就把执着写在漫天的霞光里
然后，你计算秒针的脚步
在每一首诗歌里填满音乐的符号

我们回忆年轻时候的任性
爱过的人和事物
在和意愿相悖的环境里演绎故事
直到一片片落叶迎来寒霜

而你，目不转睛地望着日子
在光阴的夹缝里证明存在的痕迹
我也和你一样
渐渐的用一生望断落日

2024. 2. 24

面对一地落花

春风温柔，切切耳语
满树万紫千红
春雨温柔，轻轻抚慰
却是落红遍地

一树春花惹青衣飘然
一腔热血在清风里洒落
落地有声
魂，飞向九天
骨，步入九泉

拾起一瓣落花，请问
相逢何必曾相识
天长地久
那是云烟之上的谎言
别让执着缀满枝头

昨夜华光异彩
觥筹交错，醉卧春风
崔护路过，留下痴情一片
柴门依旧，寂寞依然
倦客依旧天涯沦落

细雨如丝
朦胧在一季苍茫之中
客栈空空荡荡
斯人已去，不知所往

一江春水滔滔东流
带走烟花三月的繁华
搁浅的舟楫
在落日里思绪万千
送走一江烟波

面对一地落花
转身叩开唐宋之门
欲借一轮明月照亮空谷
他们已醉，梦中
慨叹岁月蹉跎

2022. 6. 13

我赌一夜秋霜

秋天，我赌一夜霜雪
黄叶用一生为赌注
我聆听渐渐远去的那一声雁鸣
所有的事物共同搅乱了赌局

星星散去，一把清泪竹叶含情
谁能用早晨的阳光为我擦拭双目
树枝萧条的故事刚刚开始
我押上一生的悲欢离合

我交出一座山的另一面
让山上的树木和天上的白云都沉默
我还能赌什么呢
秋天无语，草木无语，我亦无语

2024. 2. 26

那些日子

我走在路上
炊烟的影子锈死在雨雪里
老椿树或许忘记了我的乳名
我仍然抓住一声蛙鼓不放

屁股上被母亲剪裁的印记
让我天真的童年过早地步入秋天
我曾经多么期待粮食
我曾经多么依赖秋天

这些年，我一路走
一路清洗结痂的伤口
足迹里的汗水浮起带血的勋章
只有荆棘知道，尘埃知道

今夜一定花开
我看到了无边的风月
我知道，滋养花开的基肥
正是那些日子

2024. 3. 6

秋天，游生态园

春天与秋天的和解
是阳光和鲜花再一次接吻
是谁改变了草木的颜色
让生机和葱郁皆泛滥其中

并没有蝉鸣和鸟语作注释
走过那一道坎，便是秦时明月汉时关
只需轻轻地抚琴一曲
就将春天永久地保存下来

藤蔓骄傲成反季节的宠儿
散发出时光倒流的气息
那些颜色自愿接受人工调配
浓淡相宜，不食人间烟火

现在，可以不去诵读经卷
温度可以自觉地皈依佛门
一匹放荡的野马就这样被驯服
嘴唇上的音乐可以循环播放

在这里，听不到落叶的声音
那些细节早已在一方天地里消失

我们只需享受季节的永恒
不用担心霜雪会一夜杀死绿叶

2024. 3. 9

老 井

追溯多少年
才能看到水底沉淀的日子
我所听到的都是传说
我还听说，过去井里满满的乳汁
不知道有多少代先人
一直咬住她的乳头不松口

守护在井旁的那块石头
饱经沧桑，风吹日晒形成的象形字
记录着岁月的变迁和人们的生老病死
人们的足迹不断探索生命
一把扯住地下的河流，找到海的生母

一些人死去了，一些人出走了
这口老井流过很多泪，留下很多叹息
如今，人们都松开了她的手
用现代文字靠近灶台、马桶和所需要的地方
还有的用洋文命名，灌装，瓶装，塑封
那口老井，在岁月里沉默不语
安心在人们记忆里归隐

2024. 3. 10

一只落单的雏雀

一只落单的雏雀
孤独，无奈，悲伤
在无助的叫声里散发
稀疏的羽毛如盐碱地里的草
难以覆盖弱不禁风的荒凉
黄色的尖喙，如老式钢笔的尖
写不出单打独斗的生活

它站在断墙之上
目光里的期盼高过中午的日头
它不敢离开此处，哪怕一步
我被这似乎哭喊的叫声打动
走过去，想把它捧在手里
喂它些食物
它立即警惕地躲开
好像遇到了洪水猛兽

我无奈地离开，在远处观望
它又重新站回原来的位置
在它看来，稍微的一点变更
就会永远失去母爱和手足之情
这些对它来说，多么重要啊
突然，我的心好像被针扎了一下

这像极了童年的我
此时，我的哭泣和雏雀的叫声
已经融合在一起

2024. 5. 19

童　年

我的童年骨瘦如柴
我渴望是一只越冬的蚂蚁
用馒头堆砌一个城堡
把我的生命镶嵌在缝隙之中

我幻想一双大手
捧住我的脸，暖出笑容
让我的柔弱四季如春
把我的天真和幼稚喂养成熟

我害怕漆黑的寒夜
害怕星星被乌云遮蔽
害怕落叶敲击窗棂的声音
我渴望有人给我点亮一豆灯光

锈死在心里的幻想
堵塞了所有的路口
我走不出闭塞的古老村庄
我没有一双翅膀

我怀抱电闪雷鸣
在一个个旋涡里期盼路过的手

却被一只手推得更远，就这样

我把青春抵押给了生存

2024. 5. 24